Titres de la collection

28

SOPHIE EST DE RETOUR
Quatre gardiennes fondent leur club

Ann M. Martin

Adapté de l'américain par
Sylvie Prieur

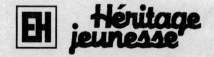

Données de catalogage avant publication (Canada)

Martin, Ann M., 1955-

Sophie est de retour

(Les Baby-sitters ; 28)
Traduction de : Welcome back, Stacey!
Pour les jeunes

ISBN : 2-7625-7168-5

I. Titre. II. Collection: Martin, Ann M., 1955-
Les Baby-sitters ; 28

PZ23.M37So 1992   j813'.54   C92-096735-3

Conception graphique de la couverture : Jocelyn Veillette

Welcome Back, Stacey
Copyright© 1989 by Ann M. Martin
publié par Scholastic Inc., New York, N.Y.

Version française :
©Les Éditions Héritage Inc. 1992
Tous droits réservés

Dépôts légaux : 3e trimestre 1992
Bibliothèque nationale du Québec
Bibliothèque nationale du Canada

ISBN : 2-7625-7168-5   Imprimé au Canada

LES ÉDITIONS HÉRITAGE INC.
300 Arran, Saint-Lambert (Québec) J4R 1K5
(514) 875-0327

*Je dédie ce livre à
Courtenay Robertson Martin,
une nouvelle admiratrice du
Club des baby-sitters*

— Sophie? Dans un combat entre un stégosaure et un brontosaure, lequel l'emporterait?

— Hum? Qu'est-ce que tu dis?

Je n'ai pas très bien saisi la question d'Henri et ça m'ennuie. Une gardienne est censée être toujours vigilante.

— Si les dinosaures existaient encore, un stégosaure pourrait-il vaincre un brontosaure? répète-t-il.

Il attend patiemment ma réponse. Lui et sa petite sœur Grace sont occupés à dessiner. Henri vient de reproduire ce qui semble être une grande ville et j'ai l'impression que la ville sera sous peu envahie par des dinosaures.

— Hum, dis-je, tu veux savoir si un stégosaure l'emporterait sur un brontosaure?

Il faut préciser que nous vivons tous les trois à Toronto et qu'Henri adore visiter le Musée royal de l'Ontario où sont exposés des squelettes de dinosaures.

— Bah, dit Henri, c'est pas vraiment important. Je

vais faire semblant qu'un stégo est plus fort qu'un bronto.

Bon, je m'arrête un instant pour faire les présentations. Je suis Sophie Ménard et j'ai treize ans. Henri, Grace et moi habitons le même immeuble à appartements dans un quartier huppé de Toronto. J'habite au douzième étage, et Grace et Henri Wilkie, au dix-huitième. M. et Mme Wilkie sont des artistes et j'adore garder Henri et Grace, qui ont respectivement cinq ans et trois ans.

Je dois dire que mon travail de gardienne me tient *très* occupée. Dans l'immeuble, ce ne sont pas les enfants qui manquent, mais il n'y a pas tellement d'adolescents de mon âge et encore moins qui sont intéressés à garder. J'ai donc beaucoup d'engagements. Ça me permet de m'amuser (surtout avec Grace et Henri) tout en gagnant des sous.

J'ai vécu à Toronto toute ma vie, sauf l'année où mes parents et moi avons habité une petite ville du Québec, appelée Nouville. Mon père y avait été muté par sa compagnie. Comme cette mutation devait être permanente, je voulais me faire des amies à tout prix. J'ai alors entendu parler d'un groupe de filles qui voulaient démarrer un club de baby-sitters et qui recrutaient des membres. Voilà comment j'ai trouvé mes amies! D'ailleurs, je suis encore très proche des filles du Club et plus particulièrement de Claudia Kishi, ma meilleure amie au Québec. (J'ai une meilleure amie à Toronto, Hélène Corbeil.) Mes autres amies sont Diane Dubreuil, Anne-Marie Lapierre, et Christine Thomas. Marjorie est un petit peu trop jeune pour que nous soyons vraiment liées et je ne connais pour ainsi dire pas Jessie Raymond (Marjorie et Jessie m'ont remplacée au Club quand papa a été muté de nouveau et que nous sommes revenus à Toronto), mais je les considère comme des amies.

Quoi qu'il en soit, après une année à Nouville, la stupide compagnie de papa l'a muté au poste qu'il occupait au départ. Ne vous méprenez pas. J'adore Toronto, avec ses magasins, ses musées, ses théâtres, son animation et tout. Sauf que c'est plutôt traumatisant déménager deux fois en un peu plus d'un an.

Nous sommes donc revenus à Toronto. Nous avons emménagé dans cet immense immeuble à appartements rempli d'enfants et je garde pratiquement sans arrêt depuis. Mais ce n'est pas le Club des baby-sitters, même si je me plais à dire que je dirige la succursale torontoise du CBS. Toutefois, j'adore vivre dans une grande ville.

Et j'adore garder Henri et Grace Wilkie. Ils sont d'une rare gentillesse. Ils sont attentifs aux autres ; ils veillent l'un sur l'autre ; ils sont fidèles à leurs amis ; et ils font tout leur possible pour ne pas causer de chagrin à qui que ce soit.

Henri se montre donc très indulgent avec moi cet après-midi quand il s'aperçoit que j'ai la tête dans les nuages et pas de réponse à sa question.

— Comment ça va ? demandé-je à Grace en jetant un coup d'oeil sur son dessin.

Très concentrée, elle dessine avec application, la langue entre les dents.

— Très bien, répond-elle. Aimes-tu mon dessin,

Sophie? C'est un éléphant. Il est dans son bain, mais il n'y a pas d'eau. Il fait une sieste. Tu vois? Tiens, ça c'est son oreiller.

— Dessine-lui une couverture, suggère Henri en riant. Et montre qu'il rêve à un bronto.

— Mais comment dessine-t-on un rêve? interroge Grace en tortillant une mèche de cheveux.

— Comme ça, tiens, fait Henri en traçant une bulle en forme de nuage au-dessus de la tête de l'éléphant. Tu n'as plus qu'à mettre un bronto dedans.

Je souris. Ce sont des enfants merveilleux. En fait, tous les membres de la famille Wilkie sont merveilleux. M. Wilkie est un artiste peintre et Mme Wilkie est illustratrice de livres pour enfants. Tous deux sont célèbres. Justement, cet après-midi, ils sont allés superviser l'installation des toiles de M. Wilkie dans une galerie d'art où celui-ci expose ses oeuvres. Autre détail qui a son importance: les Wilkie sont de race noire. Je dis cela parce qu'il n'y a pas beaucoup de familles noires dans l'immeuble. Moi, la couleur de leur peau m'importe peu. Ce sont avant tout des êtres au même titre que les autres. C'est pareil pour Jessie Raymond, l'une des nouvelles membres du Club des baby-sitters. Je ne la considère pas comme une Noire, mais comme une gardienne de onze ans qui est aussi la meilleure amie de Marjorie Picard. Je n'ai jamais fait de distinction entre Blancs et Noirs, juifs ou chrétiens, Polonais ou Chinois ou Mexicains ou Italiens ou n'importe qui d'autre.

Mais revenons à nos moutons. J'ai un mal fou à me concentrer aujourd'hui. Je pense sans cesse à mes parents.

C'est que, voyez-vous, ce n'est pas la lune de miel depuis quelque temps. Ils agissent comme Hélène Corbeil et moi quand on était en cinquième année. On se disait les meilleures amies du monde, mais on se chamaillait tout le temps.

J'ai horreur d'entendre mes parents se disputer. Pas parce que je crains qu'ils en viennent aux coups ou quelque chose du genre, mais parce que je ne sais jamais ce qu'ils vont se dire. Et la violence verbale, c'est presque aussi grave que la violence physique. On peut toujours *s'excuser,* mais ce qui est fait est fait, et ce qui est dit est dit. Et certaines paroles sont parfois difficiles à oublier.

C'est comme la fois où mon père a traité ma mère de dépensière égoïste. Ce jour-là, je les détestais tous les deux. J'en voulais à ma mère d'avoir agi comme elle l'avait fait pour s'attirer cette insulte et j'en voulais à mon père de l'avoir traitée de dépensière égoïste, qu'elle le mérite ou non.

C'était très déroutant comme situation.

— Bonjour ! Nous voilà ! annonce soudain la voix de Mme Wilkie.

Henri et Grace se lèvent instantanément de leur table de travail.

— Mamanmamanmmamanmamanmaman ! crie Grace, alors qu'elle et Henri se précipitent au salon, leurs dessins à la main.

Quel tohu-bohu ! On croirait que les Wilkie ont été absents deux mois au lieu de deux heures. Mais c'est réconfortant de voir un couple de parents souriants et de bonne humeur accueillis avec autant d'enthousiasme par leurs enfants.

— Comment ç'a été? demande M. Wilkie.

— Très bien, comme d'habitude, dis-je. Nous avons beaucoup de chefs-d'oeuvre à vous montrer!

M. Wilkie me paie, Henri et Grace me font de grosses bises et je m'en vais chez moi. Au douzième étage, les éclats de voix me parviennent bien avant que j'arrive devant la porte de l'appartement. Je ralentis le pas.

— Mais qu'est-ce que c'est que cette facture? hurle mon père, et je n'exagère pas en disant qu'il hurle. Quatre cent quatre-vingt-dix dollars de bijoux chez Birks? Tu me prends pour un millionnaire ou quoi?

— Tu dois faire de l'argent avec tout le temps que tu passes au bureau, répond ma mère avec sarcasme. C'est étonnant que Sophie te reconnaisse encore.

Je regarde ma montre. Dix-sept heures trente. Qu'est-ce que papa fait à la maison? D'habitude il ne rentre pas avant dix-neuf heures trente ou vingt heures. Maman et moi sommes habituées à souper seules ces derniers temps.

Je mets une main sur la poignée tandis que de l'autre, je cherche ma clé dans ma poche. Soudain, je recule. Je n'ai pas envie d'entrer et de me retrouver au milieu d'une scène de ménage. C'est déjà arrivé et je suis aussitôt devenue le sujet de dispute. C'est que je suis diabétique, voyez-vous, et je dois surveiller ma diète, me faire des injections d'insuline quotidiennement et aller chez le médecin plus souvent qu'à mon tour. Si je ne fais pas tout ce que je viens d'énumérer, je risque de tomber très malade. Alors ma diète, mes sorties, et ainsi de suite, sont tous autant de prétextes pour leurs prises de bec.

On n'entend plus rien. Ça y est, ils se sont calmés. Je suis sur le point d'insérer ma clé dans la serrure quand mon père rugit littéralement.

— Quinze cent soixante-huit dollars chez Cartier! Dieu du ciel, qu'est-ce que tu as acheté?

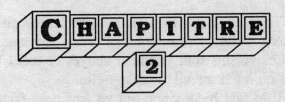

CHAPITRE 2

Figée sur place, je me demande aussi ce que maman a bien pu acheter. Mais je veux surtout savoir quelle sera sa réaction. Parfois, elle se met à pleurer.

Mais pas cette fois.

— Des bijoux, crache-t-elle comme si elle proférait un juron. Si tu étais plus souvent à la maison, je m'ennuierais moins. Et quand je m'ennuie, il m'arrive parfois de magasiner.

— Parfois ? Tu devrais dire tout le temps ! Et si tu t'ennuies à ce point, trouve-toi donc un emploi, crie papa. Fais quelque chose d'utile au lieu de faire vivre toutes les boutiques de la ville. Passe plus de temps avec ta fille.

— Sophie n'a plus besoin de moi, maintenant, répond maman qui me semble au bord des larmes.

— Comment ça pas plus besoin de toi !? Elle est diabétique !

— Exactement. Elle est diabétique, et pas invalide. Et elle a treize ans. Elle grandit. Il serait peut-être bon qu'elle voie son père de temps à autre pour ne pas l'oublier. J'espère bien que c'est ce qui va arriver... après. (Qu'est-ce qu'elle a dit? Je n'ai pas bien saisi.)

(Et comment suis-je devenue le sujet de discussion?)

— Tu veux savoir quel est ton problème? poursuit ma mère. (Elle parle maintenant aussi fort que mon père. Les voisins sont vraiment choyés ce soir.) Tu ne penses qu'à ton travail! accuse-t-elle.

— Il le faut bien, sinon qui va payer tes factures? rétorque mon père. Tu es trop exigeante. Tu veux... six différents endroits en même temps. (J'ai manqué d'autres paroles.) Au bureau, avec toi, avec Sophie, avec les amis. Tu exiges tout le temps. Tu n'es qu'une femme gâtée. Et voilà que madame veut déménager en banlieue. Heureusement, nos problèmes seront bientôt terminés.

Comment ça, ils n'auront plus ces problèmes?

— Ce serait beaucoup plus sain pour Sophie. Elle était en bien meilleure forme lorsque nous étions à Nouville.

— Déménage si le coeur t'en dit. Il n'est pas question que je fasse la navette en plus. Et dis-moi qu'est-ce que tu ferais sans Birks?

— Je trouverais autre chose, glapit ma mère. Je dois...

(Zut, qu'est-ce que j'ai encore manqué? Je presse mon oreille contre la porte.)

— Eh bien, dit papa, Sophie et moi, nous sommes parfaitement heureux.

J'ai entendu mes parents se quereller auparavant,

mais pas comme ça. Habituellement, ils élèvent le ton au sujet d'une note de restaurant trop élevée ou quand papa rentre tard de travailler trois soirs de suite. Mais aujourd'hui, c'est pire que jamais. J'ai peur. J'ai vraiment peur. Maman qui veut déménager? Papa qui dit que maman est paresseuse et exigeante, et dilapide son argent?

Doucement, je retire ma clé de la serrure et je la remets dans ma poche. Puis je m'éloigne sur la pointe des pieds. (Comme si mes parents pouvaient m'entendre!) Au milieu du corridor, je me mets à courir. Je m'engouffre dans l'ascenseur et quelques secondes plus tard, les portes s'ouvrent sur le hall. Je passe en courant devant Isaac et Lou qui sont de service à la réception et je ne remercie même pas James qui m'ouvre la porte. Dehors, je cours jusque chez mon amie, Hélène Corbeil. Elle habite à plusieurs rues de chez moi et quand j'arrive enfin, je pleure à gros sanglots.

Hélène ouvre la porte de l'appartement, me dévisage pendant une fraction de seconde et m'entraîne jusque dans sa chambre.

— Mais qu'est-ce qui se passe? demande-t-elle.

Je comprends sa surprise. Après tout, j'étais très bien à l'école aujourd'hui. (Hélène et moi, nous fréquentons la même école.)

— Tu n'es pas encore malade? s'inquiète-t-elle.

Je secoue la tête, puis j'essaie de me calmer en prenant de grandes inspirations.

— En sortant de chez les Wilkie, je suis arrivée au beau milieu d'une scène de ménage entre mes parents.

— Ton père était déjà à la maison? demande Hélène.

— Je ne sais pas quand il est arrivé. Je n'ai même pas osé entrer dans l'appartement. Je suis restée dehors à écouter. Et cette fois, ils n'y allaient pas de main morte.

En disant cela, j'éclate en sanglots. Hélène, qui était agenouillée par terre, vient s'asseoir à côté de moi sur son lit et me serre dans ses bras.

— Ils se disputaient à propos de quoi?

— Oh, dis-je en m'essuyant les yeux, à propos de tout. L'argent, Toronto, moi.

— Toi?

— Je pense que je ne suis qu'une excuse. Papa est d'avis que maman devrait passer moins de temps dans les magasins et plus de temps avec moi. Et maman dit qu'elle voudrait déménager en banlieue sous prétexte que ce serait meilleur pour ma santé. Mais moi, je ne veux pas quitter la ville.

Je regarde Hélène. Au cours des ans, nous avons vécu des bons et des mauvais moments ensemble. Et nous sommes toutes les deux assez sophistiquées. Même qu'Hélène l'est plus que moi. Il faut dire qu'avec la vie qu'elle mène... (elle se promène en limousine et assiste aux premières de films et de pièces de théâtre.) Et elle a toujours l'air d'un vrai mannequin.

Mais malgré ses tenues à la mode, ses bijoux raffinés et ses coiffures parfaites, Hélène a tout de même l'air jeune et innocente. Il y a quelque chose dans ses grands yeux bruns qui me rappelle Grace quand elle est effrayée.

— Hum, commence Hélène en se raclant la gorge,

je n'ai jamais vécu rien de tel. Papa et maman ne se sont jamais disputés comme ça. À part quelques discussions un peu animées, ils s'entendent à merveille. Ils passent tout leurs moments libres ensemble et je les surprends souvent en train d'échanger des regards intimes. Je sais qu'ils sont amoureux comme au premier jour.

— Tu sais quoi ? chuchoté-je. Je crois que mes parents ne s'aiment plus. Je pense…

— Voyons, m'interrompt Hélène, c'est probablement juste une mauvaise période. Tu verras. Tout va bientôt rentrer dans l'ordre.

— Ouais, bien sûr. Tu as raison, dis-je. C'était probablement une plus grosse querelle que d'habitude, rien de plus.

— Est-ce que tu sais ce qui l'a déclenchée ?

— Je n'en suis pas certaine. Mais quand je suis arrivée à la porte, papa tempêtait à propos des factures faramineuses qu'il reçoit pour des bijoux. Et crois-moi, elle ne s'achète pas du toc. Papa n'a pas tort. Et maman dit vrai. Elle s'ennuie toute seule. Papa est devenu un véritable bourreau de travail. Tu sais, ça m'inquiéterait moins si papa et maman ne se lançaient pas des vérités à la figure comme ils le font.

— Je ne sais pas quoi te dire, soupire Hélène en jouant avec une de ses boucles d'oreilles.

— Ça va, dis-je en me remettant à pleurer.

Nous restons assises en silence pendant quelques instants. Il est dix-sept heures cinquante. Mes parents n'ont probablement pas encore commencé à s'inquiéter car ce matin, j'ai dit à ma mère que je serais de retour vers dix-huit heures. Les Wilkie ne savaient pas combien de temps ils seraient absents, alors maman sait que ça peut être plus tôt comme ça peut être plus tard.

— Hélène, dis-je d'une petite voix, j'ai peur. J'ai vraiment très peur.

— Peut-être, suggère Hélène, que tu devrais appeler Claudia.

— Les parents de Claudia ne se disputent jamais !

— Mais peut-être que tu te sentirais mieux si tu te confiais à… ton autre meilleure amie.

J'esquisse un petit sourire.

— Peut-être, dis-je. Le Club des baby-sitters est en pleine réunion. Je pourrais parler à Diane et à Anne-Marie, et à tout le monde !

Mon moral remonte avant même qu'Hélène me passe le téléphone.

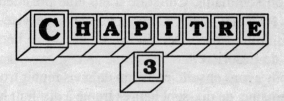

CHAPITRE 3

Avant de vous relater mon appel téléphonique à Claudia, laissez-moi vous décrire les filles et le Club plus en détail. Je commence donc par Christine Thomas, la présidente et fondatrice du Club. Christine a trois frères : deux plus âgés qui vont au cégep et un beaucoup plus jeune. Il y a environ un an, David, le cadet, n'avait que six ans et je venais tout juste d'arriver à Nouville. Christine et moi, nous avions alors douze ans. À cette époque, les trois aînés Thomas prenaient soin de David presque tous les après-midi. Mais un jour, aucun des trois n'était libre et la mère de Christine s'est mise à faire des appels pour trouver une gardienne. C'est alors que Christine a eu une de ses brillantes idées. Tous ces appels téléphoniques étaient une perte de temps. Ce serait beaucoup plus efficace si un parent pouvait rejoindre plusieurs gardiennes au même numéro. Christine a donc réuni ses amies Anne-Marie Lapierre et Claudia Kishi, et elles ont formé le Club des baby-sitters. Comme il fallait au moins une autre membre, Claudia a pensé à moi. Nous venions de nous rencontrer à l'école. Pour ce qui est de l'expérience, j'avais beaucoup gardé à Toronto avant notre déménagement. Les filles m'ont acceptée et après une élection sommaire, Christine a été élue présidente (ce qui n'était que juste), Claudia est devenue vice-présidente, Anne-Marie, secrétaire, et moi, j'ai hérité du poste de trésorière.

Nous avons ensuite convenu de nous réunir trois fois par semaine, de dix-sept heures trente à dix-huit heures, afin que les clients puissent appeler et réserver leurs gardiennes pendant ces périodes. Comme Christine-aux-idées-brillantes avait organisé une campagne de publicité, nous avons eu des engagements dès la première réunion.

Le Club est dirigé de façon très professionnelle et c'est, à mon avis, l'une des raisons de son succès. Les membres du Club tiennent un agenda et un journal de bord. Dans l'agenda, on inscrit tous les renseignements importants et Anne-Marie note les gardes de chacune. Les membres doivent aussi faire le compte rendu de chaque garde dans le journal de bord et une fois par semaine, chacune doit lire les expériences des autres. Personne n'aime écrire dans le journal de bord, mais toutes conviennent que c'est très utile de savoir ce qui se passe chez nos clients.

Maintenant, laissez-moi vous parler des membres du Club. Je commence encore une fois par Christine. Elle et moi, on est diamétralement opposées et si ce n'était du Club, nous ne serions probablement jamais devenues des amies. Christine est un garçon manqué qui adore les sports et se moque éperdument de sa tenue vestimentaire. Elle est aussi réputée pour ses bonnes idées et pour son enthousiasme à les réaliser. Elle peut aussi se montrer très immature et elle a la langue bien pendue. Néanmoins, elle est drôle. C'est aussi une bonne amie et une excellente gardienne.

Christine n'a pas toujours eu la vie facile. Son père les a abandonnés quand David n'était qu'un bébé et Mme Thomas a travaillé fort pour que le reste de la famille demeure unie. Puis à l'époque de la fondation du Club, elle a rencontré Guillaume Marchand, un millionnaire divorcé. Celui-ci a deux adorables enfants, Karen et André, qui vivent principalement avec leur mère. Mais Christine ne voulait pas entendre parler d'eux : elle refusait tout changement dans sa vie. Disons qu'il y en a eu plusieurs depuis. En effet, la mère de Christine et Guillaume se sont mariés, toute la famille Thomas a déménagé dans le manoir de Guillaume, à l'autre bout de la ville. Et tout récemment, les Marchand ont adopté une petite fille. Alors les fins de semaine, quand André et Karen viennent visiter leur père, la maison est pleine. Christine s'est bien adaptée.

Claudia Kishi, ma meilleure amie au Québec, est la vice-présidente du Club. Comme elle possède sa propre ligne téléphonique, sa chambre est le lieu de réunion par excellence. Claudia et moi, nous nous ressemblons à bien des égards. C'est probablement pour cela que nous sommes devenues amies. Nous sommes toutes les deux très sophistiquées et nous adorons la mode et les vêtements. Claudia est l'une des plus belles personnes que je connaisse. De souche japonaise, elle a de longs cheveux de jais soyeux, des yeux en amande et un teint de pêche, ce qui est plutôt incroyable compte tenu de toute la camelote alimentaire qu'elle bouffe. (Elle en cache partout dans sa chambre.)

Vous devez aussi savoir que Claudia est une artiste de grand talent, qu'elle adore les romans à suspense et qu'elle est mauvaise élève. C'est dommage. D'autant plus que Claudia est très intelligente, sauf qu'elle ne s'applique pas à l'école. Et malheureusement pour elle, sa soeur Josée est véritablement un génie.

Même si Claudia aime beaucoup ses parents et sa soeur, elle vient de vivre une période difficile. Mimi, sa grand-mère, est morte récemment et elles étaient très liées. Mais Claudia commence à accepter ce deuil.

La secrétaire du Club est Anne-Marie Lapierre. Anne-Marie se compare à Christine, au point du vue de l'apparence physique : des cheveux bruns, des yeux bruns, une petite taille. Et jusqu'à très récemment, sa tenue n'était pas une de ses préoccupations. Non, ce n'est pas vrai. Il faut dire que c'est son père qui l'obligeait à s'habiller en fillette. Voyez-vous, M. Lapierre a élevé sa fille seul, sa femme étant décédée il y a long-temps. Il a toujours été très sévère, mais dernièrement, il a assoupli les règlements et Anne-Marie peut s'habiller et se coiffer comme elle l'entend.

Étrangement, Anne-Marie est la seule du groupe à sortir avec un garçon. Il est très sympa et s'appelle Louis Brunet. C'est un membre associé du Club, ce qui veut dire qu'il n'assiste pas aux réunions mais qu'il peut accepter une garde quand le Club est débordé. (Il y a une autre membre associée : Chantal Chrétien, une amie de Christine.)

Anne-Marie, son père et son chat Tigrou habitent juste en face de chez Claudia. Ajoutons qu'Anne-Marie est la personne la plus sincère et la plus compatissante qui soit. Elle est très sensible en plus d'être une incorrigible romantique. C'est la meilleure amie de Christine et de Diane Dubreuil.

Quand Diane est-elle devenue membre du Club? Elle est arrivée à Nouville au moment où le Club prenait de l'expansion et avait besoin d'un cinquième membre. Diane est partie de Hull en raison du divorce de ses parents. Comme Mme Dubreuil avait été élevée à Nouville, elle y est revenue avec ses enfants, Diane et Julien. Mais Julien n'a jamais pu s'adapter et il est allé rejoindre son père qui, lui, était retourné en Californie. La famille de Diane est maintenant déchirée en deux.

Diane semble s'acclimater à la situation. Elle est plus résistante qu'elle n'en a l'air. Elle a de longs cheveux blonds et des yeux bleus limpides. C'est une individualiste. Elle a un style bien particulier et elle ne mange que des aliments naturels. Il y a deux détails intéressants à savoir sur Diane : elle vit dans une vieille maison qui abrite un passage secret et sa mère sort régulièrement avec le père d'Anne-Marie!

Au début, Diane était membre suppléante, c'est-à-dire qu'elle assumait les fonctions des membres qui ne pouvaient assister aux réunions. Mais lorsque je suis repartie à Toronto, elle est devenue trésorière.

Mon départ a également entraîné le recrutement de deux autres membres : Marjorie Picard et Jessie Raymond. Elles sont nos cadettes de deux ans et ne peuvent garder en soirée, sauf leurs frères et soeurs. Mais ce sont de bonnes gardiennes et Christine a pensé que si elles prenaient les engagements les après-midi, les autres membres seraient disponibles pour les gardes de soir.

Imaginez, au début du Club, nous gardions Marjorie. Et croyez-le ou non, elle a sept frères et soeurs, et trois des garçons sont des triplets ! Marjorie est douée d'un sens pratique peu commun et sait garder son sang-froid en situation de crise.

Marjorie aime lire, écrire et dessiner et elle rêve de devenir un jour auteure et illustratrice de livres pour enfants. Elle a malheureusement un problème : ses parents. À son avis, ils la traitent en bébé. Moi, je crois qu'elle a simplement atteint l'âge difficile où elle se sent plus mature que ses parents ne le croient. Marjorie a dû user de beaucoup de persuasion pour obtenir la permission de se faire percer les oreilles et de se faire couper les cheveux. Cependant, ses parents ont dit non aux lentilles cornéennes et de plus, elle doit maintenant porter un appareil orthodontique. Comme le dit Marjorie, c'est pas drôle d'avoir onze ans.

Heureusement, elle a eu la chance de rencontrer sa première grande amie : Jessie Raymond. Je crois qu'elles se sont trouvées au moment où elles avaient toutes deux grand besoin d'une amie. Marjorie était en pleine crise d'adolescence et Jessie et sa famille arrivaient d'une petite ville du New Jersey. Jessie a eu beaucoup de peine à s'adapter à ce déménagement. Les Raymond sont de race noire et alors que dans leur ancienne ville il y a beaucoup de Noirs, à Nouville il y en a très très peu. Il faut aussi préciser que la population de Nouville n'a pas été des plus accueillantes envers les Raymond. Si les gens avaient regardé autre chose que la couleur de leur peau, ils auraient vu des parents affectueux et leurs trois enfants. Il y a Becca, huit ans, qui est très timide mais qui est aussi une amie loyale, et Jaja (son vrai nom est Jean-Phillipe), le bébé qui est tout mignon. Quant à Jessie, elle adore les enfants, les chevaux et la danse. C'est une ballerine extrêmement douée. D'ailleurs, elle suit des cours de ballet depuis toujours. Elle a même dansé en public !

En prenant le téléphone dans la chambre d'Hélène, je sais que je vais rejoindre toutes ces amies : Claudia, Christine, Anne-Marie, Diane, Marjorie et Jessie.

Le téléphone sonne deux fois. Une voix familière répond.

— Allô, Claudia ?

— Oui, c'est ce que je pense, dis-je en faisant un gros effort pour retenir les larmes qui me montent de nouveau aux yeux.

— Je ne sais vraiment pas quoi te dire. Mes parents ne se sont jamais querellés comme ça. Tu sais quoi ? Tu devrais parler à Diane. Ses parents se disputaient tout le temps avant de divorcer. Quoi ? dit soudain Claudia à quelqu'un qui parle dans la pièce. Oh, oui. Sophie, Christine te fait dire que lorsque son père vivait avec eux, ses parents se disputaient à tout propos. Une seconde, je te passe Diane.

— Salut, Sophie, dit celle-ci. Je suis désolée d'apprendre que tu as des problèmes.

— Merci, dis-je, mais ce sont mes parents qui en ont, pas moi.

— Quand tu es malheureuse à cause d'eux, leurs problèmes deviennent les tiens. Crois-moi, je le sais. Alors, qu'est-ce qui ne va pas ?

— Tout, dis-je avec amertume.

Je veux bien me confier à Diane, mais l'idée que Christine s'impatiente probablement me paralyse. Et puis, je suis un peu mal à l'aise de parler des affaires de mes parents à Diane. En fait, ça me dérange de savoir que toutes les membres du Club sont déjà au courant de mes problèmes. Je voulais leur appui et leur réconfort, pas tout leur raconter. En fin de compte, je crois que j'ai fait une erreur en appelant pendant la réunion.

Je m'éclaircis la voix.

— Bien, papa et maman n'arrêtent pas de se quereller, dis-je à Diane. Tout leur est prétexte.

— L'argent et des choses du genre?

— Ouais.

— Leur relation?

— Ouais.

— Toi?

— Ouais.

— Hum, c'est très mauvais signe.

Bon ça suffit. Changeons de sujet.

— Alors, comment va Julien?

— Julien? Mon frère?

— Qui d'autre?

Nous éclatons de rire. La conversation était en train de prendre une tournure que je n'aimais pas.

— Il va très bien, répond Diane. On peut se téléphoner quand on veut, mais le décalage horaire complique un peu les choses. Il est très heureux, là-bas et... quoi? Sophie, Anne-Marie veut te dire un mot, d'accord?

— Bien sûr. En attendant qu'Anne-Marie prenne le téléphone, je me tourne vers Hélène. Je vais te rembourser cet interurbain jusqu'au dernier cent, c'est promis.

— Ne t'en fais pas avec ça, dit celle-ci en souriant.

— Sophie? fait une voix excitée.

C'est Anne-Marie. Soudain, je réalise que la dernière fois que j'ai parlé à mes amies de Nouville, c'était aux funérailles de Mimi. Ce serait bien qu'on puisse se rencontrer dans des circonstances *normales*.

— Allô, Anne-Marie, dis-je en faisant un effort pour paraître un peu plus gaie.

— Tu as besoin de parler? demande-t-elle gentiment.

— Oui, mais pas de mes parents, d'accord?

— D'accord. (C'est l'une des grandes qualités d'Anne-Marie. Elle n'essaie pas de vous tirer les vers du nez, et elle respecte vos désirs.)

— Comment va Louis?

— Oh, super!

— Et Tigrou?

— Il est en pleine forme. Il a attrapé une souris, hier.

— Pas dans la maison! m'exclamé-je, horrifiée.

— Non, non! Dehors. La souris était dehors, mais il l'a apportée à l'intérieur et l'a déposée dans son bol.

— Tu me fais marcher!

— Non. C'était dégoûtant. Oh, un instant, Christine veut te dire bonjour.

Je regarde ma montre. Il est dix-huit heures. Je leur ai fait perdre les dix minutes qui restaient. Bah, Christine ne doit pas trop m'en vouloir puisqu'elle tient à me parler.

— Sophie?

— Salut, Christine. Je m'excuse d'avoir monopolisé la ligne pendant la réunion.

— Oh, ce n'est pas trop grave. Comment vas-tu?

— Pas trop mal. Comment vont les Cogneurs?

Christine dirige une équipe de balle molle pour les jeunes enfants de Nouville: les Cogneurs de Christine.

— Pas trop mal, non plus. Nous allons finir par battre les Matamores de Marc.

— Et comment va notre gaffeur préféré?

— Jérôme Robitaille? Toujours égal à lui-même. La semaine dernière pendant que je le gardais, il a foncé dans le mur du garage avec sa bicyclette, il s'est écorché les genoux et a brisé un pot à fleurs. Plus tard, il a échappé sa pizza par terre. Au moins, il ne l'a pas échappé sur la moquette.

— Pauvre petit, dis-je sans toutefois m'empêcher de rire.

— Oui, c'est aussi ce que je me dis. Bon, Marjorie et Jessie veulent aussi te dire un petit mot et ensuite nous partons, sauf Claudia évidemment. Il est plus de dix-huit heures.

Je parle donc avec Jessie et je lui demande des nouvelles de ses cours de danse, de Jaja et de Becca.

— Hé, dis-moi, comment va Charlotte ? demandé-je soudain.

Charlotte est la meilleure amie de Becca et elle a toujours été ma préférée quand je gardais à Nouville. Elle a huit ans et elle est timide et très créative, comme Grace et Henri.

— Charlotte se relève d'un amygdalite...

— Une amygdalite ! Est-ce qu'elle va être opérée ?

— Non. En tout cas, pas pour l'instant. Hier, elle et Becca se sont déguisées en grandes personnes et ont joué à la secrétaire tout l'après-midi... Oh, je te passe Marjorie. Au revoir !

— Au revoir, Jessie... Salut, Marjorie !

— Salut, Sophie. Tu sais quoi ? Claire a parlé de toi l'autre jour.

— Vraiment ? (Claire est la cadette des Picard.) Qu'est-ce qu'elle a dit ?

— Je m'ennuie de Sophie-le-pou-qui-pue.

Nous nous mettons à rire et à ce moment, Claire et mes amies de Nouville me manquent énormément.

Mais il est temps de raccrocher. La réunion du Club est terminée et si je ne suis pas rentrée pour dix-huit heures trente, mes parents vont sans doute alerter la police.

Je quitte l'appartement d'Hélène à contrecoeur. Le seul élément positif, c'est que ma mère n'est pas là pour me crier: «Amuse-toi et sois prudente!» comme elle le fait chaque fois que je mets le pied dehors depuis que nous sommes à Toronto.

Il n'y a qu'Hélène qui me réconforte en me disant que tout va bientôt rentrer dans l'ordre.

Sur le chemin du retour, je réussis à me convaincre qu'elle a raison et que j'ai sans doute dramatisé.

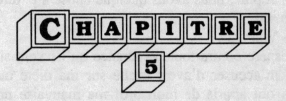

CHAPITRE 5

J'ai beau me dire qu'Hélène a raison, à chaque pas, mon appréhension grandit. Je réussis néanmoins à me montrer polie envers James, Isaac et Lou.

— Bonjour, James. Bonjour, Isaac. Bonjour, Lou.

Tous trois semblent soulagés de me voir agir normalement.

J'appelle l'ascenseur qui arrive presque instantanément.

Je presse le bouton et une seconde plus tard, les portes s'ouvrent au douzième. Je tends l'oreille. On n'entend que le téléviseur au 12C.

J'avance sur la pointe des pieds en faisant des pauses aux deux mètres. Toujours pas de bruit.

J'insère ma clé dans la serrure et j'entre. Au fond de moi-même, j'ai un peu peur de ce qui m'attend. Mais papa et maman sont assis au salon, bien calmement. *Fiou!*

— Bonjour, maman. Bonjour, papa, dis-je avec désinvolture comme si je sortais directement de chez les

Wilkie et que je ne les avais pas surpris en pleine scène de ménage.

— Bonjour, chérie, répondent-ils d'une même voix.

C'est bon signe quand ils parlent en stéréo.

— Sophie, nous avons quelque chose à te dire.

Oh, oh.

— Vraiment?

J'espère contre toute espérance qu'ils vont simplement m'accuser d'avoir triché sur ma diète ou bien qu'ils ont appris de mon prof ma mauvaise note en français.

Je prends place sur le canapé, en face de papa et maman qui se regardent comme pour se dire : « C'est toi qui commences. Non, c'est toi. » Finalement, c'est maman qui prend la parole.

— Sophie, tu as dû te rendre compte que ton père et moi, nous avons des problèmes.

— Je dois dire que je vous entends souvent vous disputer ces derniers temps, avoué-je.

— Eh bien, nous avons décidé de faire quelque chose à ce sujet. Nous divorçons, Sophie.

— Quoi? murmuré-je.

— Nous divorçons, répète papa.

C'est comme si quelqu'un m'avait flanqué une paire de gifles. En fait, je porte même la main à ma joue. Maman doit penser que je vais me mettre à pleurer, car elle se lève et vient m'étreindre. Je la repousse aussitôt. Je n'ai pas de peine, je suis en colère.

— Pourquoi? dis-je. Vous n'avez pas besoin de divorcer. (Mais dans mon for intérieur, je crois aussi que c'est la seule solution.) Vous ne pouvez pas régler vos différends comme deux adultes ? C'est toujours ce que vous me dites quand je me querelle avec mes amies.

— Chérie, nous tentons justement de régler le problème. Le divorce est notre solution, dit maman.

— Ça fait longtemps que notre couple a des ratés, ajoute papa. Ça remonte au moment où j'ai été muté à Nouville.

Ça fait si longtemps ? Comment se fait-il que je n'aie rien remarqué ? Parce que j'étais trop occupée à garder, à me faire des amies, à aller en vacances, à étudier et ainsi de suite. Voilà pourquoi.

— Mon emploi est incertain depuis la première mutation, et je crois que cette incertitude a affecté notre mariage. J'ai l'impression que je dois mettre les bouchées doubles pour éviter le licenciement. Ta mère pense que je devrais me chercher un autre travail.

— Il y a d'autres problèmes. Des questions monétaires par exemple, ajoute maman.

Je sais qu'ils se montrent vagues pour me protéger. Si seulement ils savaient que j'en sais déjà beaucoup...

— Vos problèmes semblent gros, mais pas insurmontables, dis-je avec espoir. Je sais ! Vous devriez consulter un conseiller conjugal !

— Nous en avons déjà vu une, de dire maman.

— Et ?

— Elle nous a beaucoup aidés. Nous la voyons depuis trois mois. C'est elle qui nous a suggéré de divorcer.

— Quelle conseillère ! Je ne vois pas en quoi elle vous a aidés ! dis-je d'un ton brusque.

— Sophie, ne fais pas la mauvaise tête. C'est une thérapeute très respectée dans son milieu et nous l'aimons bien. Elle est au courant de nos différends, de notre vie, de toi et même de nos finances. Après avoir suggéré le divorce comme meilleure solution à nos problèmes, elle nous a aidés à régler ce divorce à l'amiable.

— Qu'est-ce que ça veut dire au juste ?

— Ça veut dire nous séparer avec le moins de heurts possible, tant pour nous que pour toi.

— Il y a quelque chose que j'aimerais savoir.

— Sophie, as-tu pris ta dose d'insuline, aujourd'hui ? interrompt soudain maman.

— Bien sûr.

— C'était juste pour vérifier. Bon, c'est l'heure de souper, ajoute-t-elle en regardant sa montre.

— Je n'ai pas faim.

— Tu dois manger, de toute façon.

Je sens que maman commence à perdre patience. Mais elle a raison. Je dois manger. Mon diabète m'interdit de sauter un repas. Je dois manger régulièrement, ne prendre que les aliments prescrits et absorber quotidiennement une certaine quantité de calories. Si je ne fais pas tout ça, le taux de glucose dans mon sang se détraque et c'est le drame.

— À table tout le monde. Nous pouvons poursuivre cette discussion pendant le repas.

Nous nous assoyons autour de la table et même si personne ne semble avoir d'appétit, tout le monde commence à manger.

— Qu'est-ce que tu voulais savoir, tantôt ? demande maman.

— Je voudrais que vous me parliez de vos problèmes. Enfin s'ils ne sont pas trop intimes. Je veux savoir qu'est-ce qui est si terrible qu'il vous est impossible de le régler.

— Sophie, il y a toutes sortes de choses, répond papa.

— Et tu ne... commence maman.

— Je ne comprendrais pas ? C'est ça ? Vous oubliez que je ne suis plus une enfant. J'ai treize ans.

— Ce n'est pas ce que je veux dire, reprend maman. Ce sont des choses que seuls ton père et moi pouvons comprendre. Il s'agit des sentiments que nous éprouvons l'un pour l'autre. Et ces sentiments ont changé.

— Vous vous aimez encore, n'est-ce pas ? demandéje soudain.

Mes parents échangent un regard.

— Ta mère et moi, nous nous aimerons toujours et nous t'aimerons toujours. Mais nous ne sommes plus *en amour,* précise papa après quelques secondes de silence.

Piquée au vif, je penche la tête dans mon assiette et je commence à engouffrer tout ce qui s'y trouve. Plus vite je mange, plus vite je pourrai sortir de table. Ce faisant, je réalise que mes parents n'ont toujours pas répondu à ma question.

— Je vous en prie, dites-moi quels sont vos problèmes, dis-je avec fermeté sans toutefois regarder mes parents.

— C'est surtout parce que nous avons des divergences d'opinions, Sophie, dit papa.

— Nos idées sont incompatibles, ajoute maman. Nous ne pouvons plus vivre ensemble désormais.

C'est la goutte qui fait déborder le vase. Comme j'ai fini de manger, de toute façon, je pose brusquement ma fourchette, je jette ma serviette et je sors de table sans m'excuser.

Une fois rendue à ma chambre, je claque la porte et je la verrouille. Puis, j'allume ma chaîne stéréo et je mets la cassette la plus bruyante que je possède. Je monte le son au maximum pendant une minute ou deux, mais je le baisse aussitôt en pensant aux voisins.

Mes parents viennent frapper à ma porte cinq fois au cours de la soirée, en vain. Je finis par m'endormir tout habillée et je ne me réveille qu'à sept heures le lende-main.

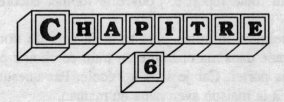

CHAPITRE 6

Jeudi est le pire matin de toute ma vie. Je ne me sens pas reposée le moins du monde et j'ai un goût de vieille savate dans la bouche.

Encore endormie, je sors du lit et j'éteins ma chaîne stéréo. Dehors, il fait gris. Ça convient parfaitement à mon humeur.

Avant de sortir de ma chambre, je tends l'oreille. Je veux éviter mes parents le plus longtemps possible. Je n'entends pas un son. Papa est-il déjà parti travailler? Il a l'habitude de partir tôt, mais pas à sept heures.

J'ouvre doucement ma porte et je marche sur la pointe des pieds jusqu'au salon. Papa dort sur le canapé! Lui et maman font chambre à part! Depuis combien de temps est-ce que ça dure? Je fais aussitôt demi-tour, certaine d'avoir vu quelque chose que je ne devais pas voir. Mais c'était inévitable. Il semble que toute la famille ait trop dormi.

Je me réfugie dans la salle de bains et je verrouille la porte. Après une bonne douche et un shampoing, j'en suis à me brosser les dents quand on frappe.

— Bonjour, chérie, dit la voix de maman. Tu pourrais te reposer, aujourd'hui, si tu en as envie. Tu n'es pas obligée d'aller à l'école, tu sais.

Pour toute réponse, j'ouvre le robinet encore plus fort.

Quelques minutes plus tard, je suis de nouveau enfermée dans ma chambre en train de choisir ce que je vais porter. Car je vais à l'école. Pas question de rester à la maison avec papa ou maman.

Toc, toc. Cette fois, c'est papa.

— Salut, Sophie! Oeufs et bacon, ce matin? C'est moi qui fais le déjeuner. Je pars plus tard pour le bureau aujourd'hui.

Je m'enferme dans mon mutisme.

Je n'ai jamais été aussi fâchée contre mes parents. Même pas quand ils m'avaient traînée chez cet horrible médecin qui voulait chambarder toute ma vie sous prétexte de guérir mon diabète.

De l'autre côté de la porte, j'entends papa qui s'éloigne vers la cuisine. Pour compenser la grisaille de la journée, je choisis la tenue la plus colorée et la plus extravagante de ma garde-robe: un bermuda rouge, des bretelles lilas et un chandail jaune et noir. Dans mes pieds, je mets mes chaussettes lilas et mes baskets rouges.

Je complète le tout avec des bijoux et je noue une écharpe rouge dans mes cheveux. Bon, il me faut maintenant affronter mes parents. Je ne pourrai pas les éviter ainsi bien longtemps.

Je me rends donc à la cuisine.

— Bonjour! font-ils en me voyant.

Maman est occupée à dresser la table, tandis que papa prépare les oeufs et le bacon.

Je remplis mon verre de jus, je prends un bagel dans le frigo et une banane dans le bol à fruits et je m'assois devant mon déjeuner.

— Pas d'oeufs? demande papa.

— Pas de bacon? fait maman.

J'ai alors recours à un vieux truc. Empoignant le journal qui se trouve sur le comptoir, je le déplie et je fais mine de le lire.

— Nous savons que tu es fâchée, dit maman. (Sans blague!)

— Nous comprenons ce que tu ressens, ajoute papa. (Vraiment?)

Après ces deux tentatives, ils se taisent.

Dès que j'ai avalé ma dernière bouchée, je sors de table, je brosse mes dents à nouveau, je prends mon cartable et je quitte l'appartement. Pour la première fois de sa vie, ma mère oublie de me dire de m'amuser et d'être prudente.

Même si je n'ai pas de temps à perdre, je lambine en me rendant à l'école. De toute façon, tels que je les connais, mes parents sont sans doute au téléphone avec le conseiller pédagogique pour lui expliquer la situation. Je vais probablement avoir droit à un traitement de faveur pendant un certain temps.

C'est le cas de Karine, de Keith et de Shayla.

Qui sont-ils? Ce sont des élèves de ma classe dont les parents ont divorcé au début de l'année. Pensez-y, trois autres divorces dans la même classe. Je ne suis certainement pas la seule enfant du divorce. Mais cette pensée n'a rien pour atténuer ma colère. En fait, ça l'empire. Mais qu'est-ce qu'ils ont les parents de nos jours? Pourquoi ne peuvent-ils pas rester mariés comme les parents d'autrefois. Qu'est-il advenu des «pour toujours» et des «jusqu'à ce que la mort nous sépare»?

Cependant, tout en retournant ces idées dans ma tête, je pense à quelque chose. Je me souviens d'avoir entendu Karine dire qu'elle était contente que ses parents divorcent car au moins, elle ne les entendrait plus se disputer.

À l'époque, j'étais certaine qu'elle ne pensait pas ce qu'elle disait. Aujourd'hui, j'en suis moins certaine. C'est vrai que ce serait bon si je n'avais plus à subir leurs querelles.

Tout de même, je ne veux pas que papa et maman divorcent.

J'entre en classe cinq minutes après la cloche. Mme Saloum, ma titulaire, me sourit et continue son exposé. Mes parents ont sûrement appelé. Sinon, Mme Saloum se serait interrompue et aurait demandé la raison de mon retard. Elle ne se contente jamais de sourire au retardataire sans mot dire.

Le reste de la journée se déroule comme dans un rêve. Je ne parle pratiquement à personne. Et j'invente toutes sortes de stratagèmes pour éviter mes amies. Je suis incapable de leur annoncer cette nouvelle. Toute la journée, j'emprunte des corridors et des escaliers peu fréquentés et je réussis même à éviter Hélène à l'heure du repas. Voyez-vous, notre dîner est à la sixième période. Au début de la cinquième, je demande à mon prof de sciences la permission d'aller travailler à la bibliothèque. Mais au lieu d'y aller, je me rends à la cafétéria où je mange en vitesse. Après, je vais me terrer à la bibliothèque jusqu'à la fin de la sixième période. Ça me donne du temps pour réfléchir.

Quand les parents de Karine ont divorcé, son père a déménagé et sa mère a conservé leur appartememt.

Quand les parents de Keith ont divorcé, son *père* a déménagé et sa *mère* a conservé leur appartement.

Et quand les parents de Shayla ont divorcé, son *père* a déménagé et sa *mère* a conservé leur appartement.

Où ira donc papa?

Puis je pense à autre chose. La veille, j'ai entendu maman dire qu'elle voulait s'installer en banlieue. Parlait-elle de toute la famille? Ou voulait-elle déménager sans papa? Et si c'est le cas, est-ce que je devrai la suivre? Est-ce qu'il arrive que les enfants restent avec leur père dans des cas semblables? Est-ce que papa conservera l'appartement ou en cherchera-t-il un autre?

Et puis je pense à Thédo. Thédo, c'est ce type avec qui la mère de Diane sortait après son divorce. Et elle fréquentait aussi le père d'Anne-Marie.

Et si maman épousait quelqu'un que je déteste? Je me retrouverais avec un vilain beau-père. Et s'il avait des enfants? J'aurais de vilaines demi-soeurs et de vilains demi-frères.

Soudain, je me sens abandonnée. J'ai l'impression d'être tombée d'un bateau au beau milieu d'un lac, sans gilet de sauvetage et sans savoir nager.

J'ai beau me dire que les divorces font partie de la vie d'aujourd'hui (il n'y a qu'à penser à Karine, Keith et Shayla, de même qu'à Diane et Christine); j'ai beau avoir lu quelque part que le taux de divorce est de cinquante pour cent, je me sens pourtant gênée.

C'est pour cette raison que j'évite Hélène. Je suis à la fois gênée et furieuse. Je ne peux pas me résoudre à lui annoncer cette épouvantable nouvelle. De plus, il y a trop de questions sans réponses dans ma tête : Où est-ce que je vais habiter? Avec lequel de mes parents? Que se passera-t-il si je me retrouve avec un beau-père ou une belle-mère que je n'aime pas?

Ah, si je pouvais revenir dans le temps. Je reculerais de vingt-quatre heures et je laisserais les choses telles qu'elles étaient. Je préfère les disputes au divorce.

Je ne veux pas de changement.

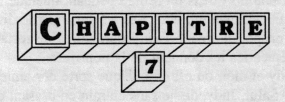

CHAPITRE 7

Tant bien que mal, je réussis à éviter Hélène tout au long de la journée. Ce n'est pas une mince affaire, d'autant plus que nous avons le dernier cours ensemble. Mais je m'arrange pour arriver en retard et, à la fin du cours, je me précipite en avant de la classe et je fais accroire au prof que je n'ai pas compris la matière étudiée. En apercevant Hélène dans l'embrasure de la porte, je lui fais signe de ne pas m'attendre.

Cinq minutes plus tard, je sors de l'école et je me dirige tranquillement vers la maison. J'ai tout mon temps. Je n'ai pas de garde cet après-midi, mais ça ne veut pas dire que je dois rentrer directement.

Soudain, il me vient une idée. Je trouve une cabine téléphonique et j'appelle chez moi. Maman répond. Sans lui donner le temps de placer un mot, je lui explique que je vais passer le reste de l'après-midi à la bibliothèque, mais que je rentrerai pour souper. Je termine en disant: «À tantôt!» et je raccroche.

Ensuite, je flâne dans les magasins. Quand approche

l'heure du souper, je me dirige vers notre rue. En arrivant près de l'immeuble, j'aperçois Judy. Judy est une clocharde qui a élu domicile dans le quartier. Elle vit littéralement *dans la rue*. L'hiver, quand il fait très froid, elle dort dans un refuge pendant quelque temps, mais elle revient toujours. Les gens du quartier lui donnent un peu d'argent. Les propriétaires de restaurants et d'épiceries lui donnent de la nourriture.

Judy et moi, on est en quelque sorte des amies.

— Salut, Judy, dis-je sans entrain en passant devant elle.

Judy est assise par terre, sur le trottoir, entourée de sacs à provisions remplis de toutes sortes de choses. Pour moi, ce sont des ordures, mais je sais que pour Judy, ce sont ses trésors.

Vêtue d'environ dix-sept couches de vêtements, elle est occupée à étendre de la lotion sur son visage et ses pauvres mains gercées.

— Bonjour, Princesse, répond-elle joyeusement. (C'est ainsi qu'elle m'appelle quand elle est de bonne humeur. Quand elle a le cafard, elle ne répond pas ou bien elle hurle toutes sortes d'inepties pendant des heures.)

Je cherche dans mon cartable quelque chose qui pourrait lui plaire. Je lui tends finalement un crayon et après de longues minutes de réflexion, Judy choisit un sac et le met dedans.

— Merci, dit-elle. Comment vas-tu aujourd'hui, ma princesse?

— Mes parents divorcent.

— Quelle honte! C'est le mal du siècle, poursuit

Judy. Trop de divorces, trop de vols et de pillage. La fin du monde est proche!

Bon, il est temps de filer.

— Au revoir, Judy. À demain.

J'entre dans l'immeuble, je m'engouffre dans l'ascenseur et une fois rendue au douzième, j'avance dans le corridor avec autant de hâte qu'un condamné montant à l'échafaud.

Il est presque dix-huit heures. Je trouve mes parents au salon, comme hier soir.

— Bonsoir, Sophie! lance papa.

— Bonsoir, chérie! fait maman.

Ignorant leur accueil, je me dirige vers ma chambre. À ma grande surprise, la porte est fermée et il y a une affiche dessus:

DÉFENSE D'ENTRER. RETOURNE AU SALON ET PARLE À TES PARENTS.

Poussant un énorme soupir, je dépose mon sac à main et mon cartable dans l'entrée et je retourne au salon. Autant me résigner, je ne pourrai pas les ignorer indéfiniment.

— Qu'est-ce qu'il y a? demandé-je en me laissant tomber dans un fauteuil.

— Nous avons des choses à mettre au point, m'informe mon père.

— Comme quoi?

— N'es-tu pas curieuse? demande maman. Tu ne te demandes pas ce qui va arriver? Où nous allons habiter? Avec qui vas-tu rester? Il me semble que je voudrais savoir ces choses-là si j'étais à ta place.

Je hausse les épaules, même si je suis dévorée par la curiosité.

— Sophie, tu dois nous parler, intervient papa. Nous sommes désolés de ce qui arrive, mais tu as eu vingt-quatre heures pour te faire à l'idée. Maintenant, il faut agir. Il y a un tas d'arrangements à prendre et nous aimerions avoir ton avis pour certains.

— D'accord, d'accord, dis-je en mettant les pieds sur la table à café, chose que je ne suis pas autorisée à faire.

Je veux juste savoir si j'ai encore droit au traitement spécial.

— Sophie, pose tes pieds par terre, ordonne immédiatement mon père.

Je m'exécute sans rouspéter.

— Bon, dit ma mère, je vais commencer. Première-ment, la conseillère conjugale nous a suggéré à ton père et à moi de déménager tous les deux.

— Tous les deux ! Pourquoi ?

— Parce qu'elle a dit que si l'un de nous deux reste et que l'autre part, tu pourrais avoir l'impression que le parent qui part t'abandonne. Alors nous déménageons tous les deux.

— Où ça ? demandé-je. Avec qui vais-je rester ?

— Nous te laissons choisir, répond papa. Ce sera ta décision. Tu n'auras pas voix au chapitre en ce qui concerne l'endroit où nous irons, mais tu pourras déci-der avec qui tu veux habiter.

— Ou comment partager ton temps entre les deux, suggère maman.

— Partager mon temps !?

Soudain, je me souviens de Shayla et de l'expres-sion « garde partagée ». Ses parents habitent à environ dix pâtés de maison l'un de l'autre et Shayla et ses soeurs passent une semaine chez leur mère et une semaine chez leur père. Elles ont tout ce qu'il leur faut aux deux places et comme ça, elles n'ont pratiquement rien à emporter, sauf leurs manuels scolaires, lorsqu'elles quittent une maison pour l'autre. Pour Keith, c'est différent. Ses parents habitent aussi à proximité l'un de l'autre et Keith et son frère restent un mois chez leur père et un mois chez leur mère. Quant à Karine, elle et son frère vivent avec leur mère pendant toute l'année scolaire et passent les vacances et les étés chez leur père qui habite maintenant Kingston.

— Allez-vous régler pour la garde partagée? demandé-je à mes parents.

— Oui, répondent-ils, l'air surpris.

— Comment sais-tu ce qu'est la garde partagée? veut savoir papa.

— Je le sais, c'est tout. Je pourrai donc vivre avec vous deux à tour de rôle et faire la navette comme bon me semble?

Mes parents hochent la tête.

— Bien, je suppose que ma décision dépendra de l'endroit que vous choisirez pour vivre.

— Je vais rester en ville, c'est certain, à cause de mon travail, dit papa.

Je regarde maman, sachant qu'elle désire s'installer en banlieue. Mais où?

— Je crois que j'aimerais retourner à Nouville, annonce maman.

J'écarquille les yeux.

— Retourner à *Nouville!* m'exclamé-je.

— J'aimais beaucoup cette petite ville et ça m'a fait de la peine de la quitter, dit maman.

— Mais... mais qu'est-ce que tu y ferais?

— Je me trouverais un emploi. Il est grand temps que je retourne sur le marché du travail. Mais pas ici. Dans un endroit où le rythme est moins trépidant.

Je ne peux pas y croire. Tout s'embrouille. J'avais pensé que papa déménagerait non loin d'ici et que je vivrais dans notre appartement avec maman la moitié du temps, et avec papa l'autre moitié. C'est ce qui m'apparaissait comme la meilleure solution. Mais voilà que je dois choisir entre Toronto et Nouville. On dirait que mon arrangement va ressembler à celui de Karine.

— Je... je ne peux pas prendre de décision tant que je ne saurai pas où vous allez habiter.

— Il y a une chose dont tu peux être certaine, c'est que tu auras ta chambre à toi, peu importe où tu iras.

— D'accord, dis-je.

Les pensées se bousculent dans ma tête. Retourner à Nouville? Retrouver les baby-sitters? Quitter Toronto une autre fois? Je ne sais pas du tout quoi faire.

— Est-ce que je peux aller dans ma chambre, maintenant? J'ai besoin de réfléchir à tout ça.

— Après le souper, répond papa. Tu dois aussi manger.

Je ne discute même pas. Plus vite je mangerai, plus vite je pourrai m'échapper.

Aussitôt après le repas, je vais m'enfermer dans ma chambre et je saute sur le téléphone. Je n'ai pas ma propre ligne, comme Claudia, mais j'ai au moins mon appareil.

Je commence par Hélène. Je lui annonce la nouvelle sans détour.

— Salut, Hélène. C'est moi, Sophie. Mes parents divorcent.

C'est la deuxième fois que je prononce ces horribles paroles et c'est un peu moins difficile.

— Quoi? crie Hélène. Oh, Sophie, je suis vraiment désolée.

Je lui fais part des projets de déménagement de mes parents et je sens immédiatement son inquiétude.

— Oh, je t'en prie, Sophie, ne t'en va pas. Reste avec ton père, d'accord. Ce sera bien plus facile, de toute façon.

Tout ce que je peux lui dire, c'est que je ne prendrai pas ma décision tout de suite.

Je téléphone ensuite à Claudia. Sa réaction n'est pas tout à fait la même.

— Tu reviens? Tu reviens? s'écrie-t-elle. Oh, Sophie, je veux dire... je veux dire que j'ai de la peine pour le divorce. Vraiment. Mais tu vas *revenir?* Je ne peux pas y croire. Oh, s'il te plaît, Sophie, reviens!

— Écoute, je n'ai pas la moindre idée de ce que je vais faire. Tu sais que j'adore vivre à Toronto. En plus, maman n'est même pas certaine de revenir à Nouville. Elle y songe, c'est tout.

En fin de compte, j'appelle Diane pour lui demander conseil. Elle saura mieux me comprendre et sera plus objective quant au choix du domicile. Sans compter que j'aurai plus de sympathie pour le reste de mes problèmes.

— Ce qu'il faut retenir du divorce, c'est l'attente,

me dit-elle. Tu dois attendre toutes sortes de choses : les décisions, les avocats, et même les déménageurs. (Je pouffe de rire.) La meilleure façon d'envisager la situation, c'est de te dire que le pire est passé. Tu sais maintenant que c'est fini entre tes parents. Il s'agit d'aborder les étapes suivantes au fur et à mesure qu'elles se présentent.

C'est logique. Je vais suivre le conseil de Diane et attendre que mes parents se trouvent chacun une demeure. Je prendrai alors ma décision.

CHAPITRE 8

— Au revoir, maman! Au revoir, papa! crie joyeusement Henri.

— Au revoir, Henri, répondent les Wilkie en se dirigeant vers la porte. Au revoir, Grace.

— Au revoir, répond Grace en reniflant.

Même si Grace m'aime beaucoup, elle pleure toujours quand ses parents s'en vont.

— Envoie des baisers à tes parents et ils te les remettront à leur retour, lui dis-je en la prenant dans mes bras.

— Pendant mon dodo? demande Grace, des sanglots dans la voix.

Je fais signe que oui et elle envoie des baisers bruyants à ses parents alors qu'ils ferment la porte. Comme c'est ce soir qu'a lieu le vernissage, je ne m'attends pas à ce qu'ils reviennent très tôt.

— Bon, dis-je en déposant Grace par terre, qu'est-ce que vous diriez de souper?

— Est-ce qu'on mange des hot-dogs? demande Henri, excité.

— Certainement ! dis-je.

— Oh, la, la ! crie-t-il en sautillant. Quelle super soirée ! Des hot-dogs pour souper, un dessin animé spécial à la télé et en plus, papa et maman nous ont acheté de nouveaux pastels aujourd'hui.

Effectivement, quand on a cinq ans, tout ça peut être très excitant.

— Bon, qui a faim ? demandé-je.

— Moi ! Moi ! crie Henri.

— Moi ! Moi ! crie Grace.

— Parfait. Pendant que je prépare les hot-dogs, vous pouvez faire la course pour dresser la table. Je vais vous minuter. (Il faut savoir que ce genre de course ne peut se faire qu'avec de la vaisselle de carton et des ustensiles en plastique. C'est d'ailleurs ce que laissent les Wilkie chaque fois qu'une gardienne doit servir un repas aux enfants.)

Grace empoigne une pile de serviettes en papier tandis qu'Henri prend trois assiettes en carton.

— À vos marques, prêts… PARTEZ !

Les enfants s'agitent entre la table et le comptoir tandis que je fais cuire les saucisses et que je sors le lait et la compote de pommes du frigo.

— On a fini ! On a fini ! claironne soudain Grace.

— Ça alors ! Vous avez battu votre propre record de trois secondes !

— C'est vrai ! Wow ! s'exclame Henri.

— Et vous avez terminé juste à temps. C'est prêt.

Je sers les hot-dogs et nous nous assoyons.

— Est-ce que nous avons des cure-dents ? demande soudain Henri.

— Je crois que si. Pourquoi.

— Tu vas voir, répond Henri en sortant la saucisse de son pain.

Je me lève, je trouve une boîte de cure-dents et je la donne à Henri. Très minutieusement, il casse plusieurs cure-dents en deux, puis il coupe un petit bout de sa saucisse. Il enfonce ensuite quatre moitiés de cure-dents dans la grande partie et attache le petit bout à celle-ci à l'aide d'un autre cure-dent.

— Regarde! annonce-t-il fièrement. J'ai transformé mon hot-dog en basset!

— Hé, c'est génial, Henri!

Naturellement, Grace doit aussi transformer sa saucisse en chien avant de la manger. Si bien que le souper est un peu plus long que d'habitude. Lorsque nous terminons, le dessin animé est sur le point de commencer.

Les enfants allument la télé et s'installent devant avec du papier et leurs nouveaux pastels. C'est une autre qualité que j'apprécie des jeunes Wilkie. Ils regardent toujours la télé en travaillant à un projet quelconque.

Les enfants s'occupent ainsi pendant que je range la cuisine et lorsque le dessin animé est terminé, Grace me demande de leur faire la lecture.

— Avec plaisir. Quelle histoire voulez-vous entendre?

Henri et Grace ont une bibliothèque impressionnante. Leurs parents adorent lire et en plus, Mme Wilkie est illustratrice de livres pour enfants.

— *Max et Arthur,* fait Grace.

— Et *Babar,* ajoute Henri.

— D'accord. Vous allez d'abord mettre vos pyjamas et brosser vos dents. Ensuite on va lire dans la chambre de Grace puisqu'elle se couche en premier.

Lorsque les enfants sont prêts, nous allons nous installer sur le lit de Grace et je leur lis les deux histoires. Les enfants passent toutes sortes de commentaires et gloussent à tout propos. Quand la lecture est terminée, Grace se glisse sous les couvertures et me tend les bras pour me faire un gros câlin. Henri et moi lui disons bonne nuit et en éteignant, mon regard se pose sur les dessins qui tapissent les murs de sa chambre.

Je lis une autre histoire à Henri dans sa chambre avant qu'il se couche. En le quittant, je fais le tour de la pièce comme si j'avais l'impression que je n'y reviendrais plus.

Pourquoi donc ai-je cette impression?

Je vais m'installer au salon et j'ouvre un de mes livres. J'ai des devoirs et de l'étude par-dessus la tête, mais je suis incapable de me concentrer.

Refermant mon livre, je pense aux paroles de Judy lorsque je lui ai annoncé que mes parents divorçaient. «Quelle honte!» s'est-elle écriée. Qu'est-ce qu'elle voulait dire? Peut-être était-elle sarcastique. Il faut admettre qu'elle en aurait le droit. Après tout, elle n'a ni famille, ni emploi, ni même de foyer. Mes parents divorcent, et après. Ça remet un peu les choses à leur place.

Néanmoins, j'ai de grosses décisions à prendre. Si maman quitte Toronto, est-ce que je pourrai la suivre? Pourrai-je partir de Toronto une fois de plus? Il faudrait que je laisse derrière tout ce que j'aime: Hélène,

Henri et Grace et la grande ville comme telle. Je suis une vraie citadine. À tel point que même les deux semaines passées à la colonie de vacances m'ont paru longues.

Par ailleurs, j'ai plus d'amis à Nouville que j'en ai à Toronto. Ici, je me tiens avec Hélène et ses amis, mais ce sont beaucoup plus ses amis à elle qu'à moi. À Nouville, je passe pour une des filles les plus sophistiquées de la ville. À Toronto, je fais partie de la moyenne.

Je sais bien que les mois à venir seront difficiles et je me demande si l'adaptation à ma nouvelle vie serait plus aisée dans un milieu sûr et tranquille comme Nouville, où je serais entourée de bonnes amies. Probablement.

Mais comment pourrai-je quitter Toronto une autre fois, avec tous ses grands magasins, ses théâtres et ses cinémas, et le Hard Rock Café ? Je risque de m'ennuyer mortellement à Nouville où il n'y a qu'un petit centre commercial.

Et puis si je vais à Nouville, je devrai laisser mon père. Je ne le pourrais pas. Et si je reste à Toronto, je devrai laisser ma mère. Je ne le peux pas non plus. Je suis peut-être furieuse contre eux, mais je les aime tout de même.

Et papa aura du chagrin si je choisis d'habiter avec maman, tout comme maman en aura si je choisis d'habiter avec papa.

Ils ont beau dire que la décision me revient, il n'en reste pas moins que l'un d'entre eux va souffrir... à cause de moi.

Quel casse-tête! C'est probablement pour toutes ces raisons que Diane m'a dit de franchir une étape à la fois.

Cependant, je n'aurais pas de problème si mes parents ne divorçaient pas. Et cette idée mérite d'être considérée. Peut-être, je dis bien peut-être, que je pourrais réussir là où leur prétendue conseillère conjugale a échoué. Peut-être que je pourrais amener mes parents à revenir sur leur décision. Ça vaut certainement la peine d'essayer.

Il suffit de quelques bonnes idées et d'un peu de romantisme.

J'arrache soudain une feuille de mon cahier et je dresse une liste d'idées. Lorsque les Wilkie rentrent, j'en ai presque une page complète!

Je suis certaine de pouvoir réconcilier mes parents. Ils ont probablement juste besoin d'un peu d'encouragement de quelqu'un qui les connaît bien, et pas d'une étrangère comme cette conseillère conjugale.

Et qui d'autre que moi, leur fille, est la mieux placée pour rétablir la situation?

Quelle semaine !

Samedi après-midi, pendant que mes parents consultent leurs avocats, je vais acheter trois billets pour un film très couru que nous voulons tous voir. Mon plan est le suivant : je vais offrir les billets à mes parents à la toute dernière minute pour être certaine que nous n'aurons pas trois places dans la même rangée. J'irai alors m'asseoir seule et je les laisserai ensemble.

Mais lorsque je leur offre les billets, papa dit qu'il avait l'intention de rester à la maison et de regarder les petites annonces pour trouver un appartement et suggère de le remplacer par Hélène.

C'est ce que nous faisons et de toute façon, nous sommes assises toutes les trois ensemble.

Dimanche, je propose une promenade en calèche dans les rues de la ville. Mon idée est particulièrement significative, vu que papa avait fait sa demande en mariage lors d'une telle promenade.

Mon nouveau plan est le suivant: une fois que mes parents seront installés dans la calèche, je leur dirai que j'ai oublié de me donner mon injection d'insuline et qu'ils fassent la promenade sans moi.

Maman trouve l'idée très séduisante, mais cette fois, c'est elle qui veut rester à l'appartement pour examiner la section immobilière du journal.

Lundi, je rentre de l'école dans un appartement désert. Maman est sortie pour l'après-midi. Super! Allons-y pour le plan numéro trois. Je sors une table pliante que j'installe au milieu du salon. Je dresse ensuite la table pour un souper d'amoureux. Je mijote un repas de poulet et de légumes et je prépare même deux parfaits à la menthe pour dessert. Lorsque mes parents rentreront, je leur dirai que je suis invitée chez Hélène et je les laisserai seuls en tête-à-tête. Mais papa téléphone pour dire qu'il va passer la soirée à visiter des appartements et qu'il va coucher au bureau. (Ça lui arrive parfois. Il a un canapé dans son bureau et il garde toujours un habit de rechange.) Alors maman et moi, nous mangeons en tête-à-tête (mais je garde le parfait pour papa).

Mardi, je suis en panne d'idées. Même chose mercredi.

Mais jeudi, l'inspiration revient. Je remets à chacun de mes parents un mot rédigé sur le papier officiel de l'école indiquant que je suis en retard dans mes travaux scolaires et que mon conseiller pédagogique veut les rencontrer pour souper à l'*Étrier d'argent,* un sympathique restaurant français du quartier. Malheureusement, papa et maman flairent un piège et appellent le conseiller pédagogique. Résultat : JE me retrouve dans le pétrin et on m'accorde trois semaines pour rattraper mon retard dans mes études. Il semblerait que c'en est fini du traitement de faveur.

Vendredi soir, maman me prend par surprise en m'annonçant qu'elle a rendez-vous demain avec un agent immobilier, à Nouville.

— Pourquoi ne viendrais-tu pas avec moi ? suggère-t-elle.

Je réfléchis longuement. Hélène a mentionné qu'elle aurait des billets pour un nouveau spectacle samedi soir. Par ailleurs, je meurs d'envie de voir Claudia et les membres du CBS. Et si maman a l'intention d'acheter une maison à Nouville, je voudrais bien avoir mon mot à dire sur son choix. Je ne tiens pas à me retrouver dans une maison délabrée, sans jardin ni verdure.

— D'accord, dis-je avec nonchalance.

Samedi matin, nous partons à l'aube. Je n'ai pas appelé Claudia car je veux lui faire la surprise. Et quelle surprise ! Pendant le long trajet, maman me demande si j'aimerais inviter Claudia à visiter des maisons avec nous.

— Oh oui ! m'écrié-je. Elle va être folle de joie.

— N'oublie pas de lui rappeler que notre déménagement à Nouville est loin d'être définitif. Nous sommes seulement à la recherche de maisons. J'ai entendu dire que le marché de l'immobilier est favorable de ce temps-ci, mais je veux vérifier moi-même.

Je commence aussitôt à imaginer la réaction de Claudia quand je sonnerai chez elle et qu'elle m'ouvrira la porte. Il ne me vient même pas à l'idée que les Kishi pourraient être sortis ou que Josée pourrait répondre à la porte.

Mais tout se passe comme je l'ai imaginé. En arrivant à Nouville, maman achète le journal et téléphone à l'agent immobilier pour l'avertir de notre arrivée et convenir d'un lieu de rencontre. Puis, nous nous rendons chez les Kishi et maman gare la voiture dans leur allée de garage. Je cours jusqu'à l'entrée et je sonne. C'est Claudia qui vient ouvrir et, pendant une seconde, il semble qu'elle va faire une crise cardiaque.

— *Sophie?* réussit-elle enfin à articuler.

— En personne! dis-je en pouffant de rire.

Elle se jette dans mes bras et nous nous étreignons pendant de longues minutes.

— Qu'est-ce que tu fais ici? Et pourquoi n'as-tu pas appelé? veut savoir Claudia.

— J'ai voulu te faire la surprise. Nous sommes ici pour visiter des maisons. Nous avons rendez-vous avec l'agent immobilier dans quinze minutes. Tu veux nous accompagner?

— Tu parles! Bien sûr que je veux!

Claudia doit toutefois aller trouver son père pour le mettre au courant et lui montrer que maman est réellement garée dans son allée. Elle me rejoint finalement sur la banquette arrière.

— Alors tu vas réellement revenir à Nouville? s'exclame Claudia. C'est incroyable, absolument incroyable!

— Ce n'est pas définitif, Claudia, dit maman avec un sourire. Mais j'avoue que Nouville est mon premier choix.

Claudia se tourne vers moi, les sourcils relevés avec l'air de dire: «Et toi? C'est aussi ton premier choix, n'est-ce pas?»

Mais je me contente de secouer la tête pour lui faire comprendre que je ne veux pas parler devant ma mère.

— Bon, dit maman, nous sommes censées rencontrer Mme Tougas au 4221 Des Roseraies.

— Oh, je sais où c'est, Mme Ménard, lance Claudia, et elle nous indique le chemin.

Nous trouvons l'endroit sans problème. Mme Tougas est déjà arrivée. Elle et maman échangent une poignée de main. Tandis que maman explique les raisons de notre déménagement et ce qu'elle recherche au juste, Claudia et moi jetons un coup sur le 4221 Des Roseraies avec une certaine méfiance. Ce n'est pas la maison délabrée que j'avais imaginée dans mes cauchemars, mais ce n'est pas non plus la maison de mes rêves.

— Ce n'est pas très grand, remarque Claudia avec tact.

— Il n'y a pas d'arbres dans la cour, dis-je à mon tour.

Nous nous engageons toutes les quatre sur le petit trottoir qui mène à la porte d'entrée.

— On ne peut pas se permettre quelque chose de moins lugubre? chuchoté-je à maman.

— Nous avons un budget assez limité, répond-elle.

De toute façon, l'intérieur n'est pas plus engageant que l'extérieur et il est évident que même Mme Tougas n'est pas emballée. Les robinets coulent, la cuisine aurait besoin d'être décapée et les trois chambres à coucher sont peintes en mauve.

— Avez-vous autre chose à nous proposer dans les mêmes prix ? demande ma mère avec un petit sourire.

— Il y a une petite maison sur le Chemin de la colline, réplique Mme Tougas.

— Mais c'est la rue où habite Diane ! s'exclame Claudia.

Nous remontons en voiture et nous suivons Mme Tougas jusqu'à l'autre maison. Primo, c'est loin de chez Diane. Secundo, elle est horrible. Le perron a besoin d'être refait. Le toit a besoin d'être refait. La peinture a besoin d'être refaite.

— J'aimerais bien qu'on retourne dans notre ancienne maison, dis-je, mais elle est habitée par Jessie et sa famille.

— De toute façon, nous n'aurions pas les moyens de l'acheter murmure maman.

Mme Tougas nous montre une troisième maison qui, celle-là, est un peu mieux. Sauf que la maison voisine est vraiment cauchemardesque. Elle est en piteux état et de plus, la cour sert de cimetière à deux vieilles voitures accidentées, un réfrigérateur sans porte, trois bicyclettes rouillées et un tas de bric-à-brac non identifiable.

— C'est pire au temps de Noël, nous confie Claudia. Les propriétaires tapissent littéralement chaque centimètre de la maison de lumières de couleur. Près de la cheminée, ils installent un père Noël mécanique qui fait « HO ! HO ! HO ! » et envoie la main jour et nuit. Sur le parterre, ils montent une crèche avec des personnages lumineux en plastique, et sur le toit, il y a un renne dont le nez rouge clignote sans arrêt.

— Maman, je ne pourrais pas vivre à côté d'un renne au nez rouge clignotant et d'un vieux frigo.

— Moi non plus. Avez-vous autre chose à nous montrer?

L'agent immobilier consulte un catalogue.

— Bien, j'aurais peut-être quelque chose dans vos prix. C'est plus grand et c'est dans un plus beau quartier. Mais...

— Allons-y, coupe maman.

Nous nous rendons à la maison en question et nous descendons de voiture.

— Hé, c'est juste derrière chez Marjorie! s'écrie Claudia. Regarde derrière, Sophie. On aperçoit même les triplets dans la cour. Je croyais que cette maison était habitée.

—Les gens sont partis il y a peu de temps, explique Mme Tougas.

L'extérieur n'est pas si mal.

— Quel âge a cette maison? demande maman pendant que Mme Tougas ouvre la porte.

— Elle date du début du siècle. Peut-être même de la fin des années 1800.

L'entrée est sombre. Ça sent le moisi et une mince couche de poussière recouvre tout.

— Cette maison présente les problèmes caractéristiques des anciennes habitations, mais elle a énormément de possibilités. Ni trop grande, ni trop petite, elle possède plusieurs éléments intéressants.

Mme Tougas nous montre une vieille baignoire à pattes, une chambre à coucher avec des lucarnes, et une cuisine avec des appareils ménagers qui semblent eux

71

aussi appartenir à une autre époque.

— Tout fonctionne, nous informe Mme Tougas. Du moins, pour l'instant.

Maman m'interroge du regard. Je réponds par un haussement d'épaules. C'est une maison convenable, mais...

— Je vais vous donner ma réponse d'ici une semaine, dit-elle à l'agent.

À vingt-heures trente, autre coup de sonnette et nous entendons aussitôt des bruits de cavalcade dans l'escalier.

— Christine est arrivée ! annonce Claudia en riant.

Nous sourions. Il est vrai que personne d'autre que Christine ne grimpe un escalier aussi rapidement et aussi bruyamment.

— Salut, les filles ! Salut, Sophie ! fait Christine en ouvrant les bras et en me serrant très fort. Ça fait du bien de te revoir ! Avez-vous trouvé une maison ? Je meurs de faim !

— Tu meurs de faim ? Mais tu gardais chez les Robitaille pour le souper. Tu n'as pas mangé ?

— J'ai avalé la moitié d'un hot-dog en même temps que les garçons. Mais après, j'ai été tellement occupée à nettoyer les dégâts de Jérôme que je n'ai pas eu le temps de manger autre chose.

Je m'assois sur le lit avec Diane et nous commençons à nous tresser les cheveux, tandis que Jessie et Marjorie font des expériences avec le maquillage et le vernis à ongles de Claudia.

— Qu'est-ce que Jérôme a fait ce soir ? demandé-je, incapable de résister à ma curiosité.

— Son hot-dog a été propulsé comme une fusée à travers la cuisine dès qu'il a mordu dedans.

— Il a mordu la cuisine ? fait Diane.

— Non, le hot-dog !

— Le hot-dog a mordu la cuisine ?

Tout le monde éclate de rire. C'est ce que j'aime de mes amies. Elles sont naturelles et spontanées. Elles ne cherchent pas à impressionner les autres. Elles parlent des garçons, naturellement, et se soucient de leur apparence (du moins certaines), mais elles ont aussi d'autres intérêts dans leur vie.

— Il reste une portion de sous-marin, offre Claudia. Je vais te la chercher.

Claudia sort de la chambre et revient au bout de quelques minutes avec le sous-marin, et Anne-Marie.

Après les embrassades et les exclamations, nous nous adonnons à de vraies activités de pyjamade. Pour commencer, nous nous faisons les ongles.

— Qui va remarquer tes pieds? demande Christine en me voyant me faire les ongles d'orteils.

— Moi, dis-je. Je me fais plaisir quand je me sens belle.

— C'est très important de se plaire à soi-même, nous informe Diane en souriant.

— Parlant de se plaire à soi-même, dit Christine, sais-tu ce qu'Alain Grier portait à l'école, mercredi dernier?

— Oh, misère! gémit Claudia en se cachant le visage dans les mains.

— Quoi donc? demandé-je.

— Une casquette en forme d'alligator! Et quand il tire sur une cordelette, l'alligator ouvre et ferme la gueule et remue la queue!

Nous pouffons de rire à nouveau.

— Comment se porte ce cher Alain Grier?

Il faut préciser qu'Alain Grier est le fléau de l'existence de Christine. Il rêve de sortir avec elle, mais il est tellement immature! De toute façon, Christine a un faible pour Marc Tardif, l'entraîneur des Matamores.

— Ne le demande même pas ! rétorque Christine.

— D'accord. Dis-moi plutôt comment va Émilie.

Christine se radoucit immédiatement. Elle est folle de sa petite soeur.

— J'ai des photos ! s'exclame-t-elle. J'allais les oublier. Je les ai apportées juste pour toi. Quand je pense que j'ai failli les laisser dans mon sac à dos.

Les sept membres du Club font cercle autour de Christine.

— Regarde ! Ici, c'est Émilie dans sa robe neuve. Et là, elle joue à cache-cache avec Nanie. (Nanie, c'est la grand-mère de Christine. Elle a emménagé avec la famille pour prendre soin d'Émilie.) Oh, et regardez cette photo. Émilie a mis mon chandail des Cogneurs. On dirait une robe sur elle.

Lorsque nous avons enfin terminé d'admirer les photos de Christine (elle en avait au moins une centaine !), nous enfilons nos pyjamas, nous étendons les sacs de couchage par terre et blotties à l'intérieur, nous échangeons des potins. De temps à autre, une des filles se lève, va se brosser les dents et revient se coucher.

Finalement, seules Claudia et moi sommes encore éveillées. Les lumières sont éteintes, mais chacune sait que l'autre ne dort pas.

— Sophie ? chuchote Claudia.

— Oui ?

— Tu te souviens quand on a appris que tu retournais à Toronto et qu'on cherchait toutes sortes de moyens pour que tu restes ici ? Et que je t'avais dit que tu étais ma première et ma seule meilleure amie ?

— Oui, je me souviens.

— Eh bien, tu es toujours ma meilleure amie. Peu importe que tu habites à Toronto... ou au Népal.

— Au Népal !

Prises de fou rire, nous nous cachons le visage dans l'oreiller.

— Merci, Claudia. Tu sais, je te considère comme ma soeur.

Je m'endors avec un sentiment de bien-être et de culpabilité. Parce que même si je me suis beaucoup amusée et même si je me sens très près de Claudia, j'ai hâte de retourner à Toronto, demain.

Toronto, c'est vraiment chez moi.

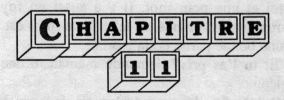

CHAPITRE 11

Je suis de retour à Toronto et à tout ce que cela comporte : l'école, Hélène, son groupe d'amis, Henri et Grace, papa et maman qui sont toujours à la recherche d'appartements.

Et je m'ennuie de Nouville. Comment est-ce possible ? Je suis à Toronto, chez moi, et je ne pense qu'à Nouville, à Claudia et au Club des baby-sitters.

Un soir, papa rentre tard en nous annonçant qu'il a trouvé un appartement. Maman et moi sommes à la cuisine. Je suis en train de faire un devoir de maths tandis que maman dresse la liste des avantages et des inconvénients de la maison de Nouville. Elle est incapable de se décider et je ne lui suis pas très utile. Je ne parle plus de rien. Je me dis que si je ne coopère pas, peut-être reconsidéreront-ils ce stupide divorce.

Erreur.

Papa fait irruption dans la cuisine, un large sourire aux lèvres.

— J'ai trouvé un appartement, Sophie, m'annonce-t-il comme si maman n'était pas assise à côté de moi. Tu vas adorer! C'est un immeuble plus petit et plus vieux, mais qui a beaucoup de charme. Et comme je l'avais promis, il y a deux chambres à coucher; une pour toi et une pour moi. Il y a aussi un foyer, et l'appartement est orienté de telle sorte qu'il est ensoleillé une bonne partie de la journée.

— Et tu l'as pris? demande maman, d'une voix étranglée.

— Oui. Enfin, j'ai payé deux mois de loyer. Je dois signer le bail demain.

— Où est situé l'appartement, papa?

— Dans Yorkville. Je suis certain que ça va te plaire.

— Je n'ai jamais habité dans ce quartier! dis-je.

Une expression de panique apparaît instantanément sur le visage de maman, et sur le mien aussi, d'ailleurs.

— Tu veux vivre avec ton père, Sophie! s'écrie-t-elle.

— Vous êtes vraiment sérieux? Vous allez vraiment divorcer? dis-je en même temps.

Pendant un instant, c'est le silence. Puis nous nous mettons tous à parler en même temps.

— Sophie, tu sais bien que notre décision est définitive, dit papa.

— Je croyais que tu voulais retourner à Nouville, Sophie, commente maman.

— Je croyais que j'avais le choix de vivre où bon me semble. Et de plus, je n'ai jamais dit que j'allais vivre avec papa, rétorqué-je.

— Tu sais, il y a plein de petites boutiques très sélectes dans Yorkville, poursuit papa.

80

— Je viendrai souvent en visite, dis-je en essuyant les larmes qui coulent sur mes joues. Nous allons bien trouver un arrangement.

— Bien sûr, ma chérie.

Je donne un mouchoir en papier à papa, et j'en prends un pour moi. Puis nous pleurons à chaudes larmes dans les bras l'un de l'autre.

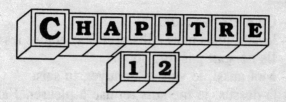

CHAPITRE 12

— Maman! crié-je. Nous avons besoin d'autres boîtes.

— Cours en chercher à l'épicerie, crie maman depuis le salon.

Cours à l'épicerie. Cours à l'épicerie. Si j'avais reçu un dollar chaque fois que je suis allée y chercher des boîtes, je n'aurais plus jamais besoin de garder des enfants.

Cela fait deux semaines que j'ai pris ma décision. Nous déménageons tous les trois dans une semaine. J'ai l'impression que je ne fais qu'emballer et déballer des boîtes depuis deux ans.

J'enfile une veste et je sors de l'appartement pour aller à l'épicerie.

— Amuse-toi et sois prudente, me lance maman.

— Toi aussi!

L'ascenseur me dépose dans l'entrée de l'immeuble et je sors. J'ai annoncé la nouvelle à Hélène peu de temps après en avoir parlé à papa. Hélène a éclaté en sanglots et j'ai recommencé à pleurer, moi aussi.

— Tu ne peux pas déménager! a-t-elle protesté. Qu'est-ce que je vais faire sans toi?

— La même chose que tu faisais quand je suis partie à Nouville la première fois. On va s'écrire et se téléphoner.

— Ce n'est pas pareil.

— Je sais, mais tu as Allison et Jean et tous les autres.

— Ils ne sont pas toi, Sophie.

— Moi aussi, je vais m'ennuyer, tu sais.

Et là-dessus, je me suis remise à pleurer. J'ai donc décidé d'appeler quelqu'un qui serait transportée de joie à l'annonce de cette nouvelle: Claudia.

— Oh mon Dieu! Oh mon Dieu! criait-elle. Tu reviens vraiment?

Puis Claudia a fondu en larmes. Naturellement, c'était des larmes de joie, mais n'empêche que c'était encore des larmes et que je n'ai pas pu m'empêcher d'en verser d'autres à mon tour. À ce rythme-là, j'ai pensé que j'allais complètement me déshydrater.

À l'épicerie, je me dirige directement vers le bureau de la gérante et je me colle le nez sur le petit guichet vitré. Je suis venue tellement souvent chercher des boîtes que la gérante, Miss Antonio, et moi, on se connaît. On ne s'aime pas beaucoup cependant. Miss Antonio est en train d'essayer un nouveau chapeau, entourée de trois caissières qui y vont de leurs conseils sur la façon de le porter.

— Huhum, dis-je en tambourinant des doigts sur le bord de la vitre.

Le quatuor est complètement absorbé dans l'essayage du chapeau.

DING, DING, DING!

Un coup de poing sur la cloche qui se trouve à l'extérieur du guichet fait sursauter tout ce beau monde.

— Oh, c'est toi, fait Miss Antonio d'un air contrarié. Il y a des boîtes à l'arrière du magasin. Tu peux aller les chercher toi-même.

— Merci de votre courtoisie, répliqué-je.

Je trouve cinq boîtes que j'insère les unes dans les autres et je retourne à la maison. Sur mon chemin, je croise Judy. Elle n'est pas de bonne humeur aujourd'hui. Je m'arrête tout de même pour lui annoncer que je déménage dans une semaine.

Elle me dévisage quelques secondes, puis se met à déblatérer :

— Les dirigeants des grosses compagnies sont de vulgaires menteurs. Ils ne font que corrompre notre pays avec leur déchets polluants et...

À l'appartement, mes parents sont en train de se disputer. Je laisse donc trois boîtes au salon et j'emporte les deux autres dans ma chambre. Je ferme la porte, mais je les entends quand même.

— Le vase de cristal ? glapit ma mère. Tu ne peux pas le garder. C'est un cadeau de Sylvie et Paul. Sylvie est une de mes meilleures amies.

— Et il se trouve que Paul est un de *mes* meilleurs amis, de rétorquer papa.

Ce n'est pas facile de se partager une maison remplie de meubles et de souvenirs. Papa et maman se querellent sans cesse pour savoir qui va garder quoi et les objets les plus convoités sont les albums de photos et les cadeaux de mariage.

J'allume ma chaîne stéréo et je mets les écouteurs

pour enterrer le bruit de leur discussion. Concentre-toi sur l'emballage, Sophie. J'emporte la plupart de mes affaires à Nouville, mais j'en envoie un peu chez papa. Je ne veux pas que ma chambre chez lui soit complètement dénudée et de plus, moins j'aurai de choses à trimballer quand je viendrai en visite, mieux ça sera. J'envoie chez papa quelques vêtements, un peu de maquillage, quelques livres, quelques cassettes, mon baladeur et quelques affiches. Tout le reste s'en va dans notre nouvelle maison, à Nouville.

Je regarde ma chambre à moitié vide. Puis, non sans hésitation, je soulève les écouteurs.

— Il n'est pas question que tu aies cette toile. Je l'ai achetée moi-même !

— Avec mon argent !

Je m'empresse de remettre les écouteurs sur mes oreilles et j'éclate en sanglots pour la énième fois.

Jeudi soir, c'est ma dernière garde avec Henri et Grace. Dans quarante-huit heures, je serai de retour à Nouville.

Je sais que M. et Mme Wilkie ont expliqué à Grace et Henri que je déménage mais je ne ne suis pas sûre s'ils comprennent ce que cela signifie.

— Papa et maman disent que tu ne pourras plus nous garder, dit Henri aussitôt que Grace a séché ses larmes après le départ de ses parents.

— C'est vrai, dis-je en hochant la tête.

— Pourquoi ?

Il est dix-neuf heures trente, les enfants ont mis leur pyjama et ils sont prêts à se coucher. Assise au salon entre les deux bambins, j'essaie de leur expliquer.

— Voyez-vous, mon papa et ma maman ne veulent plus vivre ensemble et ils déménagent chacun dans une nouvelle maison. Moi, je vais habiter avec ma maman et elle a choisi une maison qui est très loin d'ici, au Québec.

— Pourquoi ton papa et ta maman ne veulent plus vivre ensemble? demande Grace.

— Parce qu'ils se disputent tout le temps. Ils ne sont plus amoureux l'un de l'autre, lui dis-je.

Soudain, Henri semble inquiet.

— Ce soir, papa et maman se sont disputés, confie-t-il. Maman a dit: «Pour l'amour du ciel, où as-tu encore mis les clefs?» et papa a répondu: «Je viens de te le dire, elles sont sur la bibliothèque!»

— Henri, ce n'était qu'une toute petite discussion, dis-je pour le rassurer. Les gens discutent tout le temps, mais mes parents se querellent très fort. Ils ne veulent même plus partager la même chambre. Alors ils divorcent. Tes parents ne songeraient même pas à divorcer.

— Ce matin, maman a dit à papa: «Je t'aime» et papa a répondu: «Je t'aime, moi aussi» et ils se sont embrassés, déclare Grace.

— Vous n'avez pas à vous inquiéter, les enfants.

Nous allons lire une histoire dans la chambre de Grace, puis je la borde dans son lit et je lui souhaite de beaux rêves.

Je conduis ensuite Henri à sa chambre où nous lisons une autre histoire.

— On va se voir samedi, avant mon départ, lui dis-je au moment du coucher. Ta famille doit venir nous dire au revoir à l'appartement. D'accord?

— D'acc.

— Bonne nuit, Henri.

— Bonne nuit. Sophie, je t'aime très fort.

— Je t'aime aussi.

Je retourne au salon et j'ouvre mon livre de maths en pensant à Henri et à Grace. J'espère qu'ils trouveront une autre gardienne qu'ils aimeront. Je l'espère, mais au fond, une petite partie de moi espère que non. Parce que je voudrais occuper une place spéciale dans leur coeur. Soudain, je pense à Charlotte Jasmin que je vais bientôt recommencer à garder. Cette pensée me fait du bien.

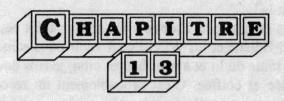

CHAPITRE 13

Samedi matin, je me réveille en sursaut. Normalement, je sursaute quand le réveil sonne. Mais aujourd'hui, le réveil sonne dans ma tête: JOUR DU DÉMÉNAGEMENT!

Oh, non, pas ça! Je me retourne dans mon lit et je me cache la tête sous l'oreiller dans l'espoir de chasser la réalité. Déménager est déjà une épreuve en soi, mais c'est aujourd'hui que commence officiellement le divorce de mes parents; que je deviens officiellement une enfant du divorce; que je joins les rangs des Diane, Christine, Keith, Shayla et Karine.

— Sophie! Debout! crie mon père depuis le corridor.

Il est déjà là! Quelle heure est-il? Papa dort à son nouvel appartement depuis qu'il a reçu son lit. Cependant, il avait promis de venir nous donner un dernier coup de main avant l'arrivée des déménageurs. Et aussi, il veut me dire au revoir.

— Je me lève!

J'enlève l'oreiller de sur ma tête et je regarde mon réveil. C'est le seul accessoire qui reste dans ma chambre, à part quelques vêtements.

— Huit heures quarante-cinq! dis-je à haute voix. Oh, la la!

Les déménageurs sont censés arriver à dix heures et avant, Hélène et les Wilkie vont venir nous saluer.

Je saute du lit et à neuf heures cinq, je suis douchée, habillée et coiffée. C'est probablement un record. Je suis sur le point d'entrer dans la cuisine quand la sonnerie de l'interphone retentit.

— Oh non, les déménageurs ne peuvent pas déjà être là! m'exclamé-je.

— Ne t'en fais pas, me rassure papa qui est occupé à trier les boîtes qui lui appartiennent et celles de maman. Les déménageurs ne sont jamais en avance. C'est une loi qu'ils se font un devoir de respecter.

Je pouffe de rire. Papa et ses plaisanteries vont me manquer.

J'appuie sur le bouton de l'interphone et je demande qui est là.

— Hélène est dans l'ascenseur, me répond le portier Isaac.

— Merci, Isaac.

Sur ces entrefaites, on sonne à la porte. Je cours ouvrir. Hélène est là, tenant un énorme sac d'épicerie.

— Oh non, dis-je, j'espère que ce n'est pas autre chose à emballer.

— C'est le déjeuner, me lance Hélène en souriant. J'ai pensé que tu apprécierais un petit festin de bagels, saumon fumé et fromage à la crème. J'ai aussi apporté du café chaud pour tes parents. J'imagine que votre cafetière doit être déjà empaquetée.

— Hélène, je t'adore ! C'est super, m'exclamé-je en reniflant.

— Tu ne vas pas te mettre à pleurer, n'est-ce pas ? demande Hélène.

— Non, rassure-toi, dis-je même si je suis au bord des larmes. Je ne parviens pas encore à croire ce qui m'arrive aujourd'hui.

Dans la cuisine, je regarde dans le sac. Hélène a pensé à tout. Il y a des ustensiles en plastique, des assiettes en carton et des serviettes de papier.

— Papa ! Maman ! Venez voir ce qu'Hélène a apporté. Je te parie que maman va dire « Oh Hélène, tu n'aurais pas dû ! » chuchoté-je à l'oreille d'Hélène.

— Oh, Hélène, tu n'aurais pas dû ! s'exclame maman en voyant les cafés, le sac de bagels, le saumon fumé, le fromage.

Hélène et moi éclatons de rire tandis que papa et maman sourient sans comprendre ce qui est si comique. Je distribue les assiettes de carton et nous attaquons le déjeuner.

Pendant que nous mangeons, je regarde autour de la table et je me surprends à penser que nous pourrions former une famille. Papa et maman pourraient être un couple uni et Hélène, ma soeur. Puis je songe que nous formons une famille de toute façon. Il n'est pas nécessaire d'être liés par les liens du sang.

— C'est très gentil de ta part, Hélène, dit papa.

— Eh bien, j'ai pensé que Sophie et M^{mc} Ménard apprécieraient peut-être un dernier bon déjeuner avant de partir pour les contrées sauvages.

— Les contrées sauvages ! dis-je en pouffant de rire à nouveau.

— Ils ont aussi des bagels à Nouville, remarque maman en jetant un coup d'oeil sur sa montre. Ciel ! Les déménageurs vont arriver dans une demi-heure. Il faut se dépêcher !

Soudain, toutes sortes de pensées m'assaillent.

— Papa ! Tu ne sais même pas faire la cuisine !... Maman, comment allons-nous faire pour tondre la pelouse ?... Papa, sais-tu comment on fait la lessive ? Tu peux gâcher...

— Sophie, calme-toi, dit papa. Tout va bien aller.

Je suis sur le point de protester quand la sonnette de l'entrée retentit.

— Ciel, les déménageurs ! s'écrie maman en bondissant de sa chaise.

— Calme-toi, ce sont sûrement les Wilkie qui viennent nous dire au revoir, dis-je.

Ce sont les Wilkie. Je les fais entrer tandis qu'Hélène et mes parents se rassemblent au salon.

— Sophie ? chuchote Grace.

— Oui ? dis-je sur le même ton.

— Henri et moi, on t'a apporté des cadeaux.

Henri et Grace me remettent chacun un présent soigneusement emballé.

— Ça alors, dis-je en m'assoyant sur le canapé. On dirait que c'est mon anniversaire.

Maman invite les Wilkie à s'asseoir et va chercher les bagels et le saumon fumé à la cuisine. Pendant que les adultes mangent, je m'efforce de déballer les deux présents en même temps.

Ce sont deux dessins réalisés par Grace et Henri, et qui sont encadrés.

— C'est mon épouse et moi qui t'offrons l'encadrement, précise M. Wilkie.

— Merci beaucoup, dis-je. Je vais les accrocher dans ma nouvelle chambre.

Les Wilkie restent avec nous jusqu'à l'arrivée des déménageurs. C'est alors le moment des adieux.

— Oh, vous allez me manquer, dis-je en serrant Grace et Henri. Vous aussi, ajouté-je en regardant leurs parents.

Nous nous embrassons et je ne peux m'empêcher de verser quelques larmes.

Pendant les heures qui suivent, c'est le chaos. Il y a une compagnie de déménagement, mais deux camions, celui pour papa et le nôtre. Tout ce qu'on entend, c'est : « Camion un. Camion deux », alors que le contremaître indique à ses hommes dans quel camion déposer nos boîtes et nos meubles.

Papa et maman se querellent trois fois pour des questions que je croyais déjà réglées. La première fois, ils se disputent le sofa en cuir. (C'est maman qui gagne.) La deuxième fois, ils se disputent un affreux pouf qu'ils semblent affectionner tous les deux. (C'est papa qui gagne.) La troisième fois, ils se disputent le téléphone sans fil. (C'est maman qui gagne encore. Elle a hérité de la voiture et pour compenser, papa garde le four à micro-ondes, la chaîne stéréo et deux toiles de grande valeur. Compte tenu de l'état de notre vieille familiale, je doute que ce marché soit équitable.)

En fin de compte, les camions et notre voiture sont

chargés. Hélène est restée avec nous toute la matinée. Elle est avec nous quand papa verrouille notre appartement; quand nous descendons dans l'ascenseur pour la dernière fois; quand papa remet nos clés à Isaac. Elle se tient un peu à distance quand papa et moi, nous nous disons au revoir. Et j'ajouterai que c'est l'une des choses les plus pénibles que j'aie eu à faire dans toute ma vie.

Heureusement, nous ne pleurons pas. C'est déjà fait. Nous nous étreignons pendant un long moment, puis papa me tapote le dos.

— On se voit dans deux semaines, ma chérie, dit-il. (Je viens passer la fin de semaine avec lui.)

Puis, il hèle un taxi, s'engouffre dedans et m'envoie la main.

Maman monte dans notre voiture. Il ne reste plus qu'Hélène et moi sur le trottoir.

— Je ne suis pas certaine d'avoir pris la bonne décision, dis-je.

— Moi, j'en suis certaine, réplique Hélène. J'ai vu ta liste.

— Bon, je suppose qu'on va se voir dans deux semaines.

— Tu peux en être sûre! Et ne t'avise jamais de venir à Toronto sans m'avertir.

Hélène fait de gros efforts pour paraître gaie, mais sa lèvre inférieure tremble. Nous nous étreignons en hâte et je prends place à côté de maman.

— Au revoir, Mme Ménard, dit Hélène.

— Au revoir, Hélène, répond ma mère.

Puis la voiture démarre et nous roulons en silence jusqu'à la sortie de la ville.

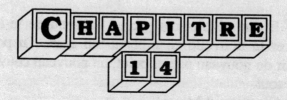

CHAPITRE 14

Après une heure ou deux de route, je commence à me remettre de mes émotions.

— Ouvre mon sac à main, Sophie, dit soudain maman. Il y a quelque chose pour toi de la part d'Hélène.

— C'est vrai?

Dans le sac de maman, je trouve une enveloppe à mon nom. À l'intérieur, il y a la moitié d'un médaillon attaché à une chaîne en or et un petit mot. « Chère Sophie, je porte l'autre moitié. Ton amie, Hélène. » Elle devait le porter sous son chemisier ce matin car je n'ai rien remarqué.

— Je ne l'enlèverai jamais, dis-je à maman.

Elle sourit puis se met en frais de me changer les idées.

— Aujourd'hui, nous sommes samedi. Plus que deux jours avant ta première réunion du Club des baby-sitters.

— Ouais.

— Et tu pourras bientôt revoir la petite soeur de Christine. Tu n'as pas vu Émilie depuis le jour de son arrivée à la maison. Elle doit avoir beaucoup changé.

— Ouais, dis-je en songeant aux photos de Christine.

— Et ton père et moi avons convenu de te laisser décorer ta nouvelle chambre à ton goût. Tu pourras choisir du nouveau papier peint, un nouveau couvre-lit, enfin tout.

— C'est vrai? Merci!

Lorsque nous arrivons enfin à Nouville, je suis si excitée que j'ai des papillons dans l'estomac. J'ai même hâte de rentrer dans notre nouvelle maison.

En arrivant devant celle-ci, une surprise m'attend. Je trouve tous mes amis et la moitié des enfants de Nouville!

Claudia, Anne-Marie, Diane, Christine, Jessie, Marjorie et Louis Brunet forment un groupe d'un côté du perron. De l'autre côté, il y a Charlotte, les sept frères et soeurs de Marjorie, David, le frère de Christine, et Karen et André, la soeur de Jessie, les trois Robitaille, Gabrielle et Myriam Seguin, Jonathan Mainville, les jumelles Arnaud, Matthieu et Hélène Biron, et... et je ne sais plus qui. J'essaie de voir tout le monde et de sortir de la voiture en même temps.

Les petits tiennent une banderole sur laquelle est écrit: «ON SAVAIT QUE TU REVIENDRAIS, SOPHIE!», tandis que mes amis scandent: «Bienvenue! Bienvenue!»

Les bras tendus, je cours vers les membres du Club. Celles-ci font de même et nous nous étreignons en riant. Puis les enfants laissent tomber leur banderole et se précipitent sur moi. Ils veulent tous me serrer en même temps et c'est la bousculade au milieu des rires et des exclamations. Nous revenons sur terre quand Jérôme Robitaille, dit le Gaffeur, trébuche sur une boîte et se fend la lèvre. Marjorie l'emmène aussitôt chez elle en piquant à travers la cour et bientôt, les enfants rentrent chacun chez eux.

Il ne reste plus que Claudia, Christine, Anne-Marie et Diane. Nous surveillons les déménageurs sortir les boîtes et les meubles du camion et quand ils ont fini, maman nous emmène toutes souper au restaurant. Elle va ensuite reconduire les filles chez elles, sauf Claudia qui revient à la maison avec nous.

— Où est ta chambre? demande Claudia pendant que nous gravissons les marches du perron.

— En haut, la première à gauche. Allons voir si les déménageurs y ont mis toutes mes choses.

Les déménageurs se sont trompés.

— Maaaaman! crié-je. Les déménageurs ont mis mon lit dans ta chambre et ton lit dans la mienne.

— Tu me fais marcher! s'écrie maman en montant l'escalier quatre à quatre. Mais non, tu as bien raison, ajoute-t-elle après avoir constaté l'erreur.

— Qu'est-ce qu'on fait, maintenant?

Si c'était arrivé à Toronto, papa et le concierge auraient grogné et forcé en démontant les lits pour les changer de chambre. À la place, c'est maman, Claudia et moi qui grognons et forçons en démontant les lits et en les changeant de chambre. Ce n'est pas facile, mais nous y arrivons.

— Les femmes peuvent faire n'importe quoi, déclare maman avec fierté lorsque nous avons terminé.

— Sauf être des pères, dis-je.

Personne ne sait s'il faut rire ou pleurer. Finalement, nous pouffons de rire. Je n'ai pas voulu être méchante.

— Quoi qu'il en soit, je crois que les mères peuvent servir de pères et vice versa. Prenez M. Lapierre, il est à la fois le père et la mère d'Anne-Marie.

— Merci, dit maman en déposant un baiser sur le front de Claudia. Je suis heureuse de savoir que Sophie a une amie aussi sensée. Bon, je vous laisse.

— Ça alors! s'exclame Claudia une fois que maman a quitté la chambre. C'est bien la première fois qu'on me qualifie de sensée.

— Pourtant, c'est une qualité nécessaire pour être une bonne gardienne.

— Oui, mais mes parents et mes profs me décrivent surtout comme bizarre et extravagante.

— Et ils oublient artistique, aimable, compréhensive, comique, compétente avec les enfants et beaucoup plus intelligente que ne le croient la majorité des gens.

Claudia me jette un regard reconnaissant. Nous observons ensuite ma chambre. C'est la pagaille.

— Par quoi on commence? demande Claudia qui n'a jamais déménagé de sa vie.

— Par mes vêtements, dis-je en riant.

— Je suis tellement heureuse que tu sois revenue, confie Claudia. Tu sais, quand Mimi est morte, j'ai pensé que *ma* vie était finie aussi. Tu m'as manqué plus qu'à n'importe quel autre moment. Tu ne pouvais pas combler le vide laissé par Mimi, mais ta présence m'aurait aidée à mieux me sentir.

— Est-ce que je t'ai aidée un peu au moins en assistant aux funérailles?

— Tu parles! s'exclame Claudia. Même si on ne pouvait pas être ensemble, je savais que tu étais là. Ça m'a empêchée de devenir hystérique.

Nous arrêtons un instant de sortir des vêtements des valises et je sais que nous pensons à la même chose: Mimi qui a été mise en terre par une belle journée ensoleillée. Claudia soupire.

Je soupire aussi. Peu importe la joie de Claudia ou le fait que j'arrive au bon moment dans sa vie. Je ne suis toujours pas entièrement heureuse d'être à Nouville. Je confie donc à Claudia ce que j'ai dit ce matin à Hélène.

— Je ne suis pas certaine d'avoir pris la bonne décision.

— À quel sujet? demande Claudia

— Au sujet de... de... (J'hésite un peu. Je ne veux pas que Claudia s'imagine que notre réunion ne me rend pas heureuse.) Au sujet du parent avec qui j'ai choisi d'habiter, dis-je enfin.

— Tu devais faire un choix, remarque Claudia.

— Je sais bien, mais mon choix a fait mal à l'un d'eux et c'est ma faute.

— Non, ce n'est pas ta faute. Ce n'est pas toi qui as demandé le divorce. C'est eux. Les parents peuvent faire des choses auxquelles les enfants ne peuvent rien changer.

— Ouais, dis-je songeuse. Parfois, je le comprends quand je me dis que ce sont eux les adultes après tout.

À d'autres moments, ça me semble tellement injuste. Ils nous nourrissent, ils prennent soin de nous...

— Je pense que ça ne leur donne pas le droit de nous faire subir leurs conflits, interrompt Claudia. Regarde comme ils t'ont rendue malheureuse.

— Est-ce que j'ai l'air si malheureuse? demandé-je.

— Moins que je ne l'aurais cru. Je m'étais imaginée que tu pleurerais sans arrêt.

— Je pense que j'ai déjà versé toutes les larmes de mon corps.

— De toute façon, je peux comprendre que tu ne sois pas entièrement heureuse d'être revenue, déclare Claudia en me tendant un chemisier.

— Tu le comprends?

— Bien sûr. J'adore Nouville. J'y ai grandi. Et toi, tu as grandi à Toronto. En plus, tu as laissé ton père derrière.

Je ne sais quoi dire. J'aurais dû savoir que Claudia comprendrait. C'est ça une meilleure amie.

— Maman me laisse décorer ma chambre. Je peux choisir ce que je veux, lancé-je soudain pour changer de sujet.

— Wow! s'écrie Claudia. Est-ce que je peux t'aider?

— Évidemment. J'aurai besoin de tes idées.

— As-tu des couleurs en tête?

— Bleu et blanc, dis-je immédiatement.

— Tu choisis toujours le bleu et le blanc!

— Eh bien, cette fois, ce sera un bleu et un blanc différents.

— Je suis si heureuse que tu sois de retour! lance Claudia en riant.

Elle me tend les bras et nous nous étreignons encore une fois.

J'aimerais bien pouvoir lui dire que moi aussi je suis heureuse d'être de retour. Ça viendra peut-être avec le temps.

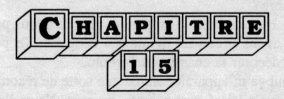

CHAPITRE 15

Maman et moi finissons de déballer la dernière boîte une semaine plus tard. Cependant, la maison a encore un aspect dénudé.

— Il faut dire que nous avons déménagé seulement la moitié d'un appartement dans cette maison, constate maman.

À ces mots, j'éclate de rire.

— Maman, te souviens-tu de notre vente d'objets usagés?

Lorsque nous sommes partis de Nouville, nous savions qu'il était impossible de faire entrer le contenu de notre grande maison dans le nouvel appartement de Toronto. Nous avions donc organisé une vente d'objets usagés pour nous débarrasser du superflu.

— On pourrait peut-être racheter nos choses, suggère maman en souriant.

— Ouais, au même prix que nous les avons vendues. Des canapés à vingt-cinq dollars et ainsi de suite.

— En fait, il y a du vrai dans ce que tu dis. Nous

pourrions nous procurer des choses dans des ventes d'objets usagés. Nous n'avons pas d'argent à mettre sur du nouveau mobilier.

— Es-tu certaine qu'on a les moyens de décorer ma chambre?

— Bien certaine. Ton père et moi en avons parlé et nous avons prévu un montant à cette fin. Tu pourras aussi décorer ta chambre à Toronto.

Tout ça m'apparaît comme une sorte de récompense pour avoir laissé mes parents divorcer. Naturellement, je garde cette pensée pour moi.

— Mais parle-moi donc de ton école, dit soudain maman. Comment ça va?

C'est vendredi après-midi. Ça fait cinq jours que je fréquente l'école secondaire de Nouville et c'est comme si je n'étais jamais partie.

— Super, dis-je.

— Et les maths?

Voyez-vous, j'ai la bosse des maths et quand je suis revenue à l'école secondaire de Nouville, on m'a placée dans une classe de niveau avancé. C'est un peu plus difficile, mais c'est aussi stimulant.

— Ça va bien en maths. Il n'y a pas de problème. C'est compris? *Pas de problème.*

Maman se contente de hocher la tête.

— Bon, je dois y aller. Je garde Charlotte cet après-midi et après, j'ai une réunion du Club des baby-sitters. Je vais rentrer quelques minutes après dix-huit heures. Ça va?

— Ça va, répond maman.

J'enfile ma veste et je sors. Depuis que nous

sommes à Nouville, maman ne m'a pas dit une seule fois : « Amuse-toi et sois prudente. » C'est drôle, on dirait que ça me manque chaque fois que je pars.

J'enfourche ma bicyclette et je pédale jusque chez les Jasmin. Une fois rendue, j'attache mon vélo au lampadaire et je cours à la porte d'entrée. Charlotte l'ouvre avant même que j'aie sonné.

— Sophie ! Sophie ! Sophie ! crie-t-elle.

C'est ma première garde officielle chez Charlotte et nous sommes toutes les deux passablement excitées.

— Bonjour, Dr Jasmin, dis-je en voyant la mère de Charlotte.

— Oh, Sophie, c'est vraiment bon de te revoir, déclare celle-ci.

Nous nous aimons bien, le Dr Jasmin et moi. Elle m'a aidée à traverser une période difficile peu de temps après notre premier emménagement à Nouville.

— Sophie, je veux te montrer quelque chose, crie Charlotte en se précipitant dans l'escalier.

— Tu vas retrouver une nouvelle Charlotte, dit le Dr Jasmin à voix basse en enfilant un blazer. Elle est plus ouverte, plus gaie et elle a même quelques amies. Mais elle a encore besoin de toi. Bon, Charlotte, je m'en vais à l'hôpital. Papa sera de retour à dix-sept heures quinze. Sophie et toi, vous savez où trouver les numéros en cas d'urgence.

— D'accord, maman, crie Charlotte sans même sortir de sa chambre.

Le Dr Jasmin lève un sourcil comme pour dire : « Tu vois comme elle a changé. » En effet, la Charlotte de l'an dernier aurait dévalé l'escalier pour donner un dernier baiser à sa mère.

Charlotte et moi passons un bel après-midi. Elle aime encore la lecture, mais elle est plus autonome et moins craintive. Elle reçoit même trois appels de ses petites amies et prend le temps de bavarder avec elles.

Le Dr Jasmin a raison. Ma petite Charlotte grandit.

Dès le retour de M. Jasmin, je saute sur ma bicyclette et je m'en vais chez Claudia pour la réunion du CBS. C'est la troisième depuis mon retour à Nouville et j'avoue que j'en savoure chaque minute.

Je suis la première arrivée. Je me perche sur le lit de Claudia, à ma place habituelle, tandis que celle-ci cherche des friandises un peu partout dans sa chambre. Ses stocks sont plutôt bas car elle ne trouve qu'un rouleau de *Life Savers,* un paquet de petits gâteaux garnis de crème commerciale au goût chimique, et un sac de croustilles.

Christine entre ensuite en coup de vent, dans son uniforme habituel : jeans, col roulé, chandail et espadrilles. Anne-Marie arrive sans bruit. Elle porte une ravissante robe neuve de couleur verte. Puis c'est au tour de Diane, vêtue de jeans avec des fermetures éclair sur les jambes, sa longue chevelure blonde ondoyant dans son dos. Jessie arrive à bout de souffle, directement de son cours de ballet. Elle porte encore son maillot sous son chandail. Marjorie fait une entrée remarquée. Elle porte un ensemble tout neuf : un coton molletonné avec des paillettes, une mini-jupe et des collants roses. Personne ne l'a jamais vue habillée de la sorte. Apparemment, ses parents non plus.

— Le croiriez-vous, s'exclame Marjorie sans même nous dire bonjour, mes parents ont failli faire une dépression nerveuse en voyant mes vêtements. Je les ai achetés avec mon argent, mais ils disent que cet ensemble est trop vieux pour moi. J'ai *onze* ans après tout !

Pauvre Marjorie. C'est un vieux problème, mais ça ne nous empêche pas de sympathiser avec elle. Comme il n'est que dix-sept heures vingt-cinq, elle dispose de cinq minutes pour se vider le coeur.

— Qu'est-ce qu'ils veulent de plus ? se lamente-t-elle. J'ai cessé de demander des verres de contact et je porte ce stupide appareil orthodontique. Je voudrais pouvoir réaliser quelque chose de vraiment remarquable pour prouver à papa et maman que je ne suis plus une gamine.

Christine, Diane, Anne-Marie, Claudia et moi échangeons un regard. Parfois, Marjorie nous semble si jeune. Nous lui faisons tout de même quelques suggestions avant que Christine nous rappelle à l'ordre.

— Y a-t-il des point particuliers à l'ordre du jour ? demande notre présidente.

Nous secouons la tête. Je suis contente que ce soit vendredi. Le lundi, je dois percevoir les cotisations et les filles ont horreur de se départir de leur argent, si minime que soit le montant.

Eh oui, Diane m'a rendu mon ancien poste de trésorière. Elle l'a fait avec joie. Elle n'est pas aussi bonne « matheuse » que moi et elle préfère être suppléante.

— Il y a plus de variété, dit-elle. Tout ce que je souhaiterais, les filles, c'est que vous vous absentiez plus souvent pour avoir la chance de vous remplacer. Christine, je crois que tu n'as jamais manqué une réunion. Je meurs d'envie d'être présidente d'un jour.

— Aucune chance, de dire Christine en souriant.

Sur ces entrefaites, le téléphone sonne. Christine et Diane plongent en même temps. Diane est plus rapide.

— Club des baby-sitters, bonjour!... Bonjour, Mme Seguin... mardi après-midi? Je vérifie et je vous rappelle.

Diane annonce que les Seguin ont besoin d'une gardienne pour Myriam, Gabrielle et Laura mardi prochain. Christine prend l'engagement et Diane confirme auprès de Mme Seguin.

À la fin de la réunion, nous avons accepté cinq engagements et dévoré un sac complet de croustilles.

Marjorie et moi faisons le trajet du retour ensemble, à bicyclette.

— Es-tu contente d'être revenue? me demande-t-elle à l'approche de ma rue.

— Oui, dis-je.

Mais au fond, je sais que mon père me manquera toujours et je ne cesserai pas de souhaiter que mes parents soient encore ensemble. Mais ce sont des pensées que je garde pour moi. Et je sais que j'ai beaucoup de chance malgré tout. La chance de pouvoir faire la navette entre l'un et l'autre pourvu que ça n'affecte pas mes études. La chance de ne plus les entendre se déchirer l'un l'autre. La chance que maman ait choisi Nouville où j'ai retrouvé toutes mes amies du Club des baby-sitters.

— Oui, dis-je de nouveau à Marjorie. Je suis contente d'être revenue.

— Je t'appellerai demain, propose-t-elle en esquissant un sourire. Je pourrais peut-être venir chez toi puisque nous sommes maintenant voisines.

— Absolument! dis-je en lui retournant son sourire.

À l'intersection, j'enfile dans ma rue, vers maman et ma nouvelle demeure.

Quelques notes sur l'auteure

Pendant son adolescence, ANN M. MARTIN a gardé beaucoup d'enfants, à Princeton, au New Jersey. Maintenant, elle ne garde plus que Mouse, son chat, qui vit avec elle dans son appartement de Manhattan, dans le centre de New York.

Elle a publié plusieurs autres livres dans la collection *Le Club des baby-sitters*.

Elle a été directrice de publication de livres pour enfants, après avoir obtenu son diplôme du Smith College.

29

MARJORIE ET LE MYSTÈRE DU JOURNAL

Quatre gardiennes fondent leur club

Ann M. Martin

Adapté de l'américain par
Sylvie Prieur

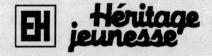

CHAPITRE 1

Si seulement j'avais treize ans au lieu de onze, la vie serait pas mal plus drôle.

Sur ce, je referme mon journal. Ça fait déjà quelque temps que j'en tiens un. Mais attention. Je ne me contente pas d'y consigner les événements de la journée. Comme ça, par exemple:

Aujourd'hui, école. Bavardé avec Jessie. De retour à la maison, me suis disputé avec Vanessa. Ai gardé les jeunes Barrette. Au retour, me suis disputée avec maman au sujet d'une paire de souliers qu'elle ne veut pas me laisser acheter...

Plutôt ennuyant, n'est-ce pas? Non, moi j'écris des choses beaucoup plus profondes dans mon journal. Et je n'écris pas tous les jours. Seulement lorsque j'en ressens le besoin. Chaque fois que je suis en colère, déprimée, désorientée ou que je considère que j'ai été traitée injustement. Je dois dire que ça arrive souvent. Je mentionne aussi les bonnes choses.

Hier, par exemple, je n'ai rien écrit. Mais aujourd'hui, dimanche, j'ai mis mes réflexions sur papier.

J'ai l'impression que je vais avoir onze ans toute ma vie! Mes neuf ans ont vite passé. Mes dix ans aussi. Mais on dirait que ça fait une décennie que j'en ai onze. Probablement parce que j'ai tellement hâte d'avoir treize ans. J'espère que mes douze ans ne s'éterniseront pas. Si c'est le cas, j'aurai probablement l'impression d'avoir trente ans quand j'en aurai enfin treize.

Je déteste mon nez. Je le tiens de mon grand-père. Une simple chirurgie esthétique réglerait mon problème, mais mes parents ne veulent même pas me laisser porter de verres de contact. Alors pour ce qui est de me faire refaire le nez, je n'ai aucun espoir.

Je me demande si les autres jeunes de onze ans ressentent la même chose. Si seulement j'avais treize ans au lieu de onze, la vie serait pas mal plus drôle!

Quand j'ai terminé, je cache mon journal sous mon matelas. Autant que je sache, Vanessa ne l'a pas trouvé. De toute façon, ce n'est pas son genre de fouiner dans les affaires des autres. Vanessa est poète, alors elle comprend très bien le caractère intime de l'écriture.

Vanessa est ma soeur. J'ai sept frères et soeurs en tout. Je suis l'aînée, Marjorie Picard. Après viennent les triplets, Bernard, Antoine et Joël, âgées de dix ans. Puis c'est Vanessa, neuf ans; Nicolas, huit ans; Margot, sept ans; et Claire, la cadette, qui a cinq ans. Claire traverse une phase idiote (qui s'éternise, à mon avis). Elle appelle tout le monde le-pou-qui-pue. Par exemple, moi, je suis Marjorie-le-pou-qui-pue.

Voici un avant-goût de ce qui se passe dans certains autres livres de cette collection :

#1 Christine a une idée géniale

Christine a une idée géniale : elle décide de former le Club des baby-sitters avec ses amies Claudia, Sophie et Anne-Marie. Toutes les quatre adorent les enfants, mais en fondant leur Club, elles n'avaient pas envisagé les appels malicieux, les animaux au comportement étrange et les tout-petits déterminés à s'affirmer. Diriger un Club de baby-sitters n'est pas aussi facile qu'elles l'avait imaginé, mais Christine et ses amies ne laisseront pas tomber.

#2 De mystérieux appels anonymes

Lorsqu'elle effectue des gardes, Claudia reçoit de mystérieux appels téléphoniques. S'agit-il du Voleur Fantôme dont on parle tant dans la région ? Claudia raffole des histoires à énigmes, mais pas quand elle fait partie de la distribution.

#3 Le problème de Sophie

Pauvre Sophie ! Ses parents se sont mis en tête de trouver une cure miracle pour son diabète. Mais ce faisant, ils lui compliquent l'existence. Et comme le Club des baby-sitters est en guerre contre l'Agence de baby-sitters, comment ses amies peuvent-elles aider Sophie tout en luttant pour la survie du Club ?

#4 Bien joué Anne-Marie!

Au sein du Club des baby-sitters, Anne-Marie est plutôt effacée. Et voilà qu'une grosse querelle sépare les quatre amies. En plus de manger seule à la cafétéria, Anne-Marie doit garder un enfant malade sans aucune aide des autres membres du Club. Le temps est venu de prendre les choses en mains!

#5 Diane et le terrible trio

Ce n'est pas facile d'être la dernière recrue du Club des baby-sitters. Diane se retrouve avec trois petits monstres sur les bras. De plus, Christine croit que les choses allaient mieux sans Diane. Mais qu'à cela ne tienne, Diane n'a pas l'intention de s'en laisser imposer par personne, pas même par Christine.

#6 Christine et le grand jour

Le grand jour est enfin arrivé: Christine est demoiselle d'honneur au mariage de sa mère! Et, comme si ce n'était pas suffisant, elle et les autres membres du Club des baby-sitters doivent garder quatorze enfants. Seul le Club des baby-sitters est en mesure de relever un tel défi.

#7 Cette peste de Josée

Cet été, le Club des baby-sitters organise une colonie de vacances pour les enfants du voisinage. Claudia est tellement contente; ça va lui permettre de s'éloigner de sa peste de grande soeur! Mais sa grand-mère Mimi a une attaque qui la paralyse... et tous les projets d'été sont chambardés.

#8 Les amours de Sophie

Qui veut garder des enfants quand il y a de si beaux garçons alentour? Sophie et Anne-Marie partent travailler sur une plage du New Jersey et Sophie est obnubilée par un beau sauveteur du nom de Scott. Anne-Marie travaille pour deux... mais comment pourra-t-elle dire à Sophie sans lui briser le coeur que Scott est trop vieux pour elle?

#9 Diane et le fantôme

Des escaliers qui craquent, des murs qui parlent, un passage secret... il y a sûrement un fantôme chez Diane! Les gardiennes et un de leurs protégés baignent dans le mystère. Vont-elles réussir à le résoudre?

#10 Un amoureux pour Anne-Marie

La douce et timide Anne-Marie a grandi... et ses amies ne sont pas les seules à l'avoir remarqué. Louis Brunet est amoureux d'Anne-Marie! Il est beau comme un coeur et veut se joindre au Club des baby-sitters. La vie du Club n'a jamais été aussi compliquée... ni amusante!

11 Christine chez les snobs

Christine vient de déménager et les filles du voisinage ne sont pas très sympathiques. En fait... elles sont snobs. Elles tournent tout au ridicule, même le vieux colley Bozo. Christine est enragée. Mais si quelque chose peut venir à bout d'une attaque de pimbêches, c'est bien le Club des baby-sitters. Et c'est ce qu'on va voir!

#12 Claudia et la nouvelle venue

Claudia aime beaucoup Alice, toute nouvelle à l'école. Alice est la seule à prendre Claudia au sérieux. Claudia passe tellement de temps avec Alice, qu'elle n'en a plus à consacrer au Club et à ses anciennes amies. Ces dernières n'aiment pas ça du tout !

#13 Au revoir, Sophie, au revoir !

Sophie et sa famille retournent vivre à Toronto. Cette nouvelle suscite beaucoup de pleurs et de grincements de dents ! Les membres du Club veulent souligner son départ de façon spéciale et lui organiser une fête qu'elle n'oubliera pas de si tôt. Mais comment dit-on au revoir à une grande amie ?

#14 Bienvenue, Marjorie !

Marjorie Picard a toujours eu beaucoup de succès en gardant ses frères et soeurs plus jeunes. Mais est-elle assez fiable pour entrer dans le Club des baby-sitters ? Les membres du Club lui font passer toutes sortes de tests. Marjorie en a assez… Elle décide de fonder son propre club de gardiennes !

#15 Diane… et la jeune Miss Nouville

Mme Picard demande à Diane de préparer Claire et Margot au concours de Jeune Miss Nouville. Diane tient à ce que ses deux protégées gagnent ! Un petit problème… Christine, Anne-Marie et Claudia aident Karen, Myriam et Charlotte à participer au concours, elles aussi. Personne ne sait où la compétition est la plus acharnée: au concours… ou au Club des baby-sitters !

#16 Jessie et le langage secret

Jessie a eu de la difficulté à s'intégrer à la vie de Nouville. Mais les choses vont beaucoup mieux depuis qu'elle est devenue membre du Club des baby-sitters! Jessie doit maintenent relever son plus gros défi: garder un petit garçon sourd et muet. Et pour communiquer avec lui, elle doit apprendre son langage secret.

#17 La malchance d'Anne-Marie

Anne-Marie trouve un colis et une note dans sa boîte aux lettres. «Porte cette amulette, dit la note, ou sinon. » Anne-Marie doit faire ce que la note lui ordonne. Mais qui lui a envoyé cette amulette? Et pourquoi a-t-elle été envoyée à Anne-Marie? Si le Club des baby-sitters ne résout pas rapidement le mystère, leur malchance n'aura pas de fin!

#18 L'erreur de Sophie

Sophie est au comble de l'excitation! Elle a invité ses amies du Club des baby-sitters à passer la longue fin de semaine à Toronto. Mais quelle erreur! Décidément, les membres du Club ne sont pas à leur place dans la grande ville. Est-ce que cela signifie que Sophie n'est plus l'amie des baby-sitters?

#19 Claudia et l'indomptable Bélinda

Claudia n'a pas peur d'aller garder Bélinda, une indomptable joueuse de tours. Après tout, une petite fille n'est pas bien dangereuse... *Vraiment?* Et pourquoi Claudia veut-elle donc abandonner le Club? Les baby-sitters doivent donner une bonne leçon à Bélinda. La guerre des farces est déclarée!

#20 Christine face aux Matamores

Pour permettre à ses jeunes frères et à sa petite soeur de jouer à la balle molle, Christine forme sa propre équipe. Mais les Cogneurs de Christine ne peuvent aspirer au titre de champions du monde avec un joueur comme Jérôme Robitaille, dit La Gaffe, au sein de l'équipe. Cependant, ils sont imbattables quand il s'agit d'esprit d'équipe !

#21 Marjorie et les jumelles capricieuses

Marjorie pense que ce sera de l'argent facilement gagné que de garder les jumelles Arnaud. Elles sont tellement adorables ! Martine et Caroline sont peut-être mignonnes... mais ce sont de véritables pestes. C'est un vrai cauchemar de gardienne — et Marjorie n'a pas dit son dernier mot !

#22 Jessie, gardienne... de zoo !

Jessie a toujours aimé les animaux. Alors, lorsque les Mancusi ont besoin d'une gardienne pour leurs animaux, elle s'empresse de prendre cet engagement. Mais quelle affaire ! Ses nouveaux clients ont un vrai zoo ! Voilà un travail de gardienne que Jessie n'oubliera pas de si tôt !

#23 Diane en Californie

Le voyage de Diane en Californie est encore plus merveilleux qu'elle ne l'avait espéré. Après une semaine de rêve, elle commence à se demander si elle ne restera pas sur la côte ouest avec son père et son frère... Diane est Californienne de coeur... mais pourra-t-elle abandonner Nouville pour toujours ?